오늘 밤, 로렌티가에서 감미로운 충성을

사랑의 시작은 충성으로부터

후카미 아키 지음
후유오미 일러스트
심이슬 옮김

Contents

Tonight, sweet loyalty at the Lorenzi family

[The beginning of love is from the gunshot]

인물 소개 〈 Characters 〉

[에밀리오]

알버트의 오른팔이자
형 같은 존재.
생긴 건 무서워 보이지만
밝고 남을 잘 챙겨준다.

[그레고리오 로렌티]

알버트의 할아버지.
현재는 알버트에게
패밀리를 일임하고
은거 생활을 만끽 중.

[마르다]

로렌티가의
도우미. 패밀리의
엄마 같은 존재.

[스테파노]

의사. 오로에 대해
연구하고 있다.

[밀레나]

선박회사의 딸.
알버트를
짝사랑하고 있다.

오늘 밤, 로렌티가에서 감미로운 충성을

[리타]

전설의 황금빛 눈동자
'오로'를 가진 소녀.
과거의 트라우마로 인해
목소리를 잃었다.
알버트에게 팔려 로렌티가로
오게 되었다.

[알버트 로렌티]

대대로 카르디아 섬을
지키는 마피아
로렌티가의 젊은
보스.

혼돈의 거리 네잘리에에 잠복한 첩보원으로부터 온 소식은 청년의 흥미를 강하게 끌었다.

어두워지기 시작한 창밖에서 달콤하고 상큼한 레몬 꽃향기가 났다.

기분 좋은 바람이 커튼을 살랑살랑 흔들며 앤티크 가구로 가득한 집무실에 초여름이 찾아온 것을 알렸다.

집무용 책상 위에 밝혀진 램프는 보고서 한 장을 비추고 있었다.

날짜와 장소. 어떤 인물의 신체적 특징.

고작 몇 줄 되지 않는 내용을 몇 번이나 눈으로 훑은 청년은 이윽고 책상 옆에 놓인 수화기를 집어 들었다. 그리고 입가에 아름다운 미소를 띠더니, 자신보다 나이 많은 통화 상대에게 명랑한 목소리로 말했다.

"아, 안녕하세요? 서둘러 네잘리에 행 왕복선을 확보해 주겠어요? 네, 물론 **지금 당장**."

우호적이지만 거부를 허락치 않는 말투. 통화 상대가 선택할 수 있는 대답은 오직 'Si'—네, 하나뿐이다. 마침 그 타이밍에 방문을 노크하는 소리가 들리더니, 호출을 받은 심복이 얼굴을 내밀었다.

분주한 밤이 막을 열려 하고 있었다.

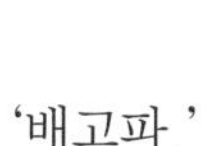

1 총성이 울리는 도망극

'배고파.'

그 생각뿐이었다.

무대 위에서 울며 도움을 요청하는 여자를 보면서 리타는 묶인 두 손으로 텅 빈 배를 문질렀다.

인신매매단에게 잡힌 이후로 요 이틀 정도 물밖에 얻어먹지 못해서 배가 고픈 건 당연했다. 앞으로 몇 분 후에는 리타도 마찬가지로 무대에 세워져 경매에 붙여질 텐데 그런 감정밖에 들지 않았다.

'그야 저항해봤자 도망칠 수 없으니까.'

자신의 자유를 빼앗은 것은 두 손목에 묶인 삼노끈뿐. 하지만 끌려오자마자 도망치려 했던 한 소년이 다시 붙잡혀 본보기로 호되게 얻어맞았다.

일방적이고 가차 없는 폭력은 노예들이 품고 있던 반역의 의지를 짓밟아 버리기에 충분했다. 도망치려고 하면 같은 꼴을 당한다. 두 번째 도망자는 나타나지 않았다.

훌쩍훌쩍 우는 소리가 울려 퍼지는 무대 뒤와는 반대로 무대 위에서는 우스꽝스러운 목소리로 웃음을 유도하고 있는 사회자가 경매를 진행해 나갔다.

이곳은 암시장 중 하나. 인신매매를 위해 열린 비합법적인 노예 시장.

서로의 얼굴이 아슬아슬하게 보이지 않는 정도의 불빛이 객석을 밝히고 있었다.

지하에 만들어진 플로어에는 둥그런 테이블이 놓여 있었고, 그곳에는 신사인 척하는 관객들이 술이나 담배를 한 손에 들고 앉아 있었다. 환기가 잘 되지 않아서 무대 뒤까지 담배 냄새가 충만했다.

그들의 시선은 무대 위에 고정되어 있었다. 한 사람씩 무대에 올려지는 '상품'들을 사회자가 경매에 붙이는 참이었다.

남자는 얼마나 순종적으로 일하는지, 여자는 얼마나 성적으로 도움이 되는지.

귀를 막고 싶을 만큼 저질스러운 설명에 관객들은 과장스럽게 웃으며 야유를 퍼부었다.

……도와달라고 소리쳐봤자 아무런 소용이 없다는 것을 리타는 알고 있었다.

아무도 도와주지 않는다.

울며 동정을 구해봤자 그들은 누군가를 바보 취급 하고

싶을 뿐. 말꼬투리나 잡고 늘어지면서 웃음거리를 만들고 싶을 뿐. 게다가 리타는 목소리를 낼 수 없다. 도움을 요청하고 싶어도 불가능했다.

그래서 리타는 폭풍 같은 시간이 지나기를 그저 가만히 기다렸다.

나오지 않는 목소리를 꾹 참으며 몸을 웅크린 채 숨을 죽이고.

틀림없이 앞으로도 이런 삶은 계속 달라지지 않을 것이다.

"자, 다음은 오늘의 하이라이트. 아주 희귀한 오드아이 소녀입니다!"

나가라는 감시역 남자에게 등을 떠밀려 무대 위에 구르듯이 올라간 리타는 다리를 묶인 채로 넘어졌다. 와하하, 웃음소리가 터졌다. 악의가 있는 목소리에 고개를 숙이자, 다 떨어진 옷과 신발, 열여섯 살치고는 덩치가 작고 야윈 몸이 시야에 들어왔다.

"야, 일어나."

사회자는 리타를 난폭하게 세우더니 스포트라이트가 쏟아지는 무대 가운데로 질질 끌고 간 다음, 얼굴을 가리듯이 기른 앞머리를 위로 쓱 걷어 올렸다.

그러자 앞머리 아래에 숨어 있던 두 개의 색이 드러났다.

밤색 머리에 가려져 있던 눈동자에 관객들의 무례한 시선이 꽂혔다.

"보십시오! 오른쪽은 황금색, 왼쪽은 녹색! 지금은 없어진 황금색 눈동자를 가진 소녀입니다!"

오오. 낮은 함성이 일었다.

"오로군! 처음 봤어!"

"이거 참 진귀하군. 진짜인가?"

"물론이죠! 진짜 오로입니다! 게다가 이 소녀는 말을 하지 못하기 때문에 군말 없이 주인님을 따를 것입니다!"

"말을 못 하는 오로라니! 성직자 상대로 비싸게 팔리겠는걸?!"

객석이 들끓었지만, 리타는 그 모습을 남의 일처럼 보고 있었다.

'오로……. 이곳에 온 뒤로 다들 날 그렇게 불러. 그렇게 신기한가? 이런 이상한 색이…….'

좌우 눈동자 색이 다른 인간은 아주 드문 확률로 태어나는 듯하지만, 리타의 가족은 모두 녹색 눈동자였다. 고향에도 황금색 눈동자를 가진 사람은 없었기에 내내 징그럽다는 말을 들으며 자랐다.

남들과 다른 이질적인 눈동자는 주위 사람들을 불쾌하게 만드는 것 같았다.

이상해. 이상한 색. 이상한 눈.

그런 말을 들을 때마다 상처를 받았던 눈동자에 알지도 못하는 이들이 돈을 걸기 시작했다.

'나 같은 인간에겐 아무런 가치도 없는데.'

자포자기한 심정으로 그런 생각을 했다.

'……누가 날 산다 한들 제대로 된 인간이 아니야. 적어도 밥 정도는 꼬박꼬박 잘 먹여주는 사람이면 좋겠다. 굶어 죽는 건 싫으니까…….'

객석 천장에 쌓여 가는 담배 연기를 멍하니 쳐다보던 리타는 "오늘 최고가입니다!"라고 흥분해서 소리를 지르는 사회자의 목소리에 화들짝 놀랐다. 최종적으로 두 사람의 경쟁이 됐는지, 자신을 두고 어마어마한 금액이 오갔다.

치솟던 금액의 끝이 보이기 시작한 그때,

"2천만!"

크게 울려 퍼진 목소리는 최고 금액의 두 배 가까운 금액이었다.

방금까지 경쟁하던 두 사람이 아니었다. 관객들은 회장 뒤에서 들리는 목소리에 뒤를 돌아보았다. 일어선 두 남자가 객석 사이를 비집고 나와 무대 쪽으로 걸어왔다.

한 사람은 건장한 체구와 장신에 다크 슈트를 입고, 진하게 기른 수염과 다갈색 머리가 이어진 얼굴의 남자였다.

남자는 서슴없이 성큼성큼 무대로 올라왔다. 손에 든 것은 은색 두랄루민 케이스.

다른 한 사람은 이런 장소와 어울리지 않는 고상한 옷차림을 한 젊은이였다.

풀이 잘 발린 빳빳한 흰색 셔츠에 글렌체크 베스트. 넥타이핀에는 보석이 한 알 반짝였다. 그는 깊이 눌러 쓴 헌팅캡을 살짝 들어 올리더니, 개구쟁이 같은 미소를 지었다. 몰래 온 좋은 집안 자제 같은 고귀하고 단정하게 생긴 얼굴이었다. 주위의 주목을 받고 있는데도 주눅이 드는 낌새도 없이 태연하게 무대 위로 올라왔다.

수염남이 두랄루민 케이스를 열자, 그곳에는 띠가 둘러진 지폐 다발이 가지런히 차곡차곡 채워져 있었다.

무대 위도, 객석도 쥐 죽은 듯이 조용해졌다.

“2천만. 세어봐도 됩니다.”

“2천?! ……더, 더 이상의 금액은 없으시겠죠?”

예상외의 금액에 사회자가 상기된 목소리로 낙찰을 선언했다. 객석에서는 술렁거림과 야유가 비슷하게 일었다. ……이로써 리타는 그들에게 팔렸다, 는 뜻인 듯했다.

헌팅캡을 쓴 청년이 접이식 나이프를 꺼내더니, 리타의 손목을 묶고 있던 밧줄을 잘라주었다.

눈이 마주치자, 그는 생긋 웃었다.

'……눈부셔.'

밝고 상큼한 미소로 쳐다보니 자신의 더러움이 부각되는 것 같아 리타는 도망치듯이 발끝으로 시선을 떨구었다.

그러자 청년이 리타의 귓가로 얼굴을 스윽 가져다 댔다.

"……너, 뛸 수 있어?"

비밀얘기라도 하는 듯한 달콤한 속삭임이었다.

무슨 뜻이지……? 리타는 이상하게 생각하면서 고개를 끄덕였다.

청년은 미소를 지었다.

"착해라. 놓치지 말고 따라와!"

'뭐?'

청년이 손을 잡고 쭈욱 잡아당겼다. 그와 동시에 뛰기 시작했다.

청년에게 끌려가는 듯한 모양새로 무대 계단을 뛰어 내려갔다. 쨍그랑, 청년은 객석에 있던 잔을 발로 차서 쓰러뜨렸다. 테이블이 뒤집어졌다. 당혹감은 노성으로 변했다. 누군가가 소리를 질렀다.

"잠깐! 그 녀석, 알버트 로렌티야!"

알버트 로렌티?

들려온 이름을 되뇌어보았다. 그것이 리타의 손을 잡아당긴 청년의 이름인 듯했다.

플로어를 빠져나가자, 출입구 앞에서 건장한 남자가 길을 가로막았다. 남자가 주머니 속을 뒤지기 시작하기 전에 리타와 알버트를 추월한 수염남이 달려들어 그 남자의 옆얼굴을 주먹으로 후려쳤다. 얻어맞은 남자는 기절했다. 수염남은 힘차게 문을 열어젖혔다.

고여 있던 담배 연기가 밤의 공기를 타고 쏴아아 흘러나갔다.

"서둘러!"

두 사람의 고함소리를 들은 리타는 밖으로 이어지는 계단을 뛰어 올라갔다.

영문도 모른 채 지상으로 나갔다. 어수선하고 어스레한 뒷골목이었다. 숨 돌릴 틈도 없이 알버트는 리타의 손을 잡은 채 뛰었다.

"쫓아가! 놓치지 마라!"

등 뒤에서 노성과 발소리가 들렸다.

'어, 어디로 가는 거지? 왜 쫓기는 거지?'

리타는 혼란스러웠다.

뒤돌아본 남자가 그녀의 몸을 힘껏 끌어당겼다.

"윽!"

타앙, 하는 메마른 소리가 들렸을 때는 이미 알버트에게 안긴 상태로 돌바닥에 나뒹굴고 있었다.

"움직이지 마!"

알버트는 몸이 굳은 리타를 안은 채 두 번 굴러 근처에 있는 화물 사이로 몸을 숨겼다. 벗겨진 헌팅캡 아래는 달빛을 튕기는 칠흑빛 머리카락이 보였다.

멍하니 있으려니 곧바로 몸을 잡아당겨서 일으켜 세워주었다.

알버트의 왼쪽 어깨가 눈에 들어오자, 리타는 숨을 삼켰다.

'피가…….'

조끼 어깨 부분이 찢어졌고, 셔츠에 빨간 얼룩이 점차 크게 퍼져 갔다.

'지금 그건, 총? 왜, 어째서 총에 맞은…….'

혼란스러운 나머지 머릿속이 뒤죽박죽 엉켰다. 하지만 또다시 총소리가 울려 퍼졌고, 리타는 머릿속이 새하얘져 몸을 잔뜩 움츠렸다. 길 하나를 두고 그 건너편 그늘진 곳에 몸을 숨긴 수염남이 등 뒤로 방아쇠를 당기고 있었다.

"끄악!"

추격자에게 명중했는지 불길한 비명이 들려왔다.

"다친 데는?"

수염남이 알버트의 어깨를 턱으로 가리켰다.

"살짝 스쳤을 뿐이야. 여긴 맡길게."

"응. 먼저 가 있어."

짧은 대화를 끝내곤 알버트는 리타를 데리고 좁은 골목으로 들어갔다.

들려오는 발포음에서 멀어지듯이 알버트는 몇 번이나 길을 꺾었다. 리타는 그저 발을 움직일 수밖에 없었다. 왜냐하면 발을 멈췄다간 잡히거나 살해당할지도 모르기 때문이다.

'무서워.'

이제서야 공포가 자근자근 덮쳐 왔다.

무대 위에서는 남의 일로만 느껴졌는데, 지금 리타에게 닥친 위험은 모두 현실이었다.

잡히고 팔려도 이제 어찌되든 상관없다는 생각마저 했는데, 이제 와서 죽는 게 두려워졌다. 알버트는 떨리는 리타의 손을 잡았다.

"녀석들보다 먼저 항구에 도착하고 싶어. 여성을 에스코트하기에는 꺼림칙한 길이지만……."

막다른 곳으로밖에 보이지 않는 곳에서 알버트는 울타리에 손을 가져다 댔다. 이곳을 넘어갈 작정인 듯했다.

"올라갈 수 있겠어?"

알버트의 키보다 높았지만, 올라가지 못할 정도는 아니었다.

고개를 끄덕이려던 리타는 잠시 멈칫했다.

'근데 이 사람을 따라가도 괜찮을까?'

만난 지 얼마 되지도 않은 정체 모를 상대. 항구로 향한다는 건 아마 배를 탄다는 얘기. 이 지역과는 다른 곳에 데려간다는 뜻이다.

그런 망설임을 꿰뚫어 본 알버트의 어두운 녹색 눈동자가 리타를 쳐다보았다.

"……난 널 구하러 왔어. 믿어줘."

시선을 돌리자, 리타를 감싸주다가 총에 맞은 왼쪽 어깨가 눈에 들어왔다.

'이 사람을 믿어도 될까?'

망설였지만……, 그를 믿고 싶었던 리타는 각오를 다졌다.

삐걱거리는 철망에 손을 대자, 알버트는 안도한 것 같았다. 한참을 문답하던 시간이 아까웠는지, 알버트는 다쳤다고는 생각되지 않을 만큼 재빠른 동작으로 울타리를 뛰어넘었다. 리타도 그 뒤를 신중하게, 하지만 서둘러 쫓아갔다.

꼭대기까지 올라가 울타리 위에 걸터앉은 리타에게 밑에서 기다리고 있던 알버트가 오른손을 내밀었다.

"뛰어. 괜찮아. 받아줄 테니까."

리타는 자신을 향해 뻗어 온 손을 잡았다. 그리고 울타리를 찼다.

남쪽에서 부는 바닷바람이 몸에 남아 있던 담배 냄새를 날

려버렸다. 갑갑함에 짓눌려 있던 폐에 신선한 공기가 들어오자, 죽어가던 세포 하나하나가 눈을 뜨기 시작하는 것 같았다. 미지의 세계로 발을 들인 리타의 마음이 술렁거렸다.

– 난 이곳을 떠나겠어.

용기를 내서 날린 몸은 예상외로 가벼웠다.

그 몸을 알버트가 지상에서 받아주었다.

"항구까지 얼마 안 남았어. 가자."

또다시 뛰기 시작한 알버트는 더 이상 리타의 손을 잡아끌지 않았다. 잡아 끌지 않아도 리타가 자신의 발로 따라오리라 확신했기 때문일 것이다.

어째서 알버트를 따라가는 건지 리타 본인도 이해가 잘 되지 않았다.

자신을 샀기 때문에? 구해줬기 때문에? ……그것만으로는 단언할 수 없었다.

리타는 거스를 수 없는 무언가를 느끼고는, 앞을 가는 등을 열심히 좇았다.

항구에 도착하자, 벤치에 앉아 있던 포동포동한 체형의 여성이 달려왔다.

하나로 묶은 갈색 머리에 녹색 눈동자. 이 나라에선 흔한 외모의 중년 여성이었다. 여행자 차림을 하곤 커다란 가방을 들고 있었기 때문에 항구의 분위기에 완전히 동화되어 있었다.

여자는 붉게 물든 알버트의 왼쪽 어깨로 걱정스러운 듯이 시선을 돌렸다.

"알버트 님……, 다치셨네요?"

"별것 아니야. ……마르다. 피를 가릴 수 있을 만한 윗옷이 있을까? 그리고 이 친구에게도 걸칠 것을 하나 부탁할게."

"재킷을 가져왔어요. 자, 아가씨는 이걸 걸쳐요."

엄마 같은 나이대의 여성이 다정하게 말을 걸어주자, 아주 조금이지만 리타의 경계심이 풀어졌다. 마르다는 예쁜 꽃무늬 숄로 지저분한 옷을 가리더니, 엉망이 된 머리를 재빨리 만져주었다.

재킷을 입은 알버트는 싸움이나 총질과는 전혀 인연이 없을 듯한 상류 계급의 귀공자와 같은 분위기로 리타의 어깨를 끌어안았다. 짐을 든 사용인 같은 마르다가 뒤따라

걷자, 더 이상 쫓기고 있는 사람들로는 보이지 않았다.

"에밀리오 도련님은 같이 안 오셨나요?"

"우리를 따라오지 못하도록 추격자들을 적당히 붙들어 두고 있어. 출항 전까지는 늦지 않게 올 거야."

마르다가 주머니에서 한 장, 알버트가 두 장. 품에서 꺼낸 총 세 장의 표를 보여주자, 아무의 의심도 받지 않고 배에 올라탈 수 있었다.

안내받은 객실에는 옷장, 소파, 테이블이 비치되어 있었으며, 그보다 더 안쪽에 문이 세 개나 있었다. 침실과 세면실이 달린 듯했다. 꽤나 좋은 객실이었다.

이곳은 이제 안전할까?

긴장과 피로로 인해 당장이라도 숨이 끊어질 것 같은 리타는 카펫 위에 주저앉을 뻔했다.

"……훗."

리타의 어깨를 껴안고 있던 알버트의 몸이 흔들렸다.

"후후. 아하하하하! 참 굉장했어. 사랑의 도피라도 하는 것 같아서 어찌나 짜릿하던지!"

'우, 웃어……?'

총을 든 사람에게 이리저리 쫓겨 다녔는데도 알버트는 멀쩡했다. 리타는 살해라도 당할까 봐 두려워서 애가 탔는데…….

“웃을 일이 아니에요. 예정보다 늦게 오셔서 걱정했다고요.”

“내 얘기 좀 들어봐. 그 녀석들, 내가 무대 위에 올라가도 날 바로 알아채지 못하지 뭐야. 말단 교육이 안 됐어. 깡패들만 닥치는 대로 모아 놨으니 그렇겠지만.”

한바탕 웃은 알버트가 헝클어진 앞머리를 쓸어 올리며 리타 쪽으로 시선을 옮겼다. 눈이 정통으로 마주쳐버린 리타는 황급히 고개를 아래로 숙였다.

구하러 왔다고 말했다.

그땐 무척 성실한 사람이 구원의 손길을 내밀어준 것처럼 느껴졌는데, “참 스릴 있고 재미있었지?”라고 말하며 웃는 모습은 어쩐지 무서웠다.

“알버트 님. 다친 데는 괜찮으세요?”

“응. 상처 자체는 꿰맬 만큼 깊진 않아. 응급 처치는 알아서 할 수 있으니까, 마르다는 이 아이를 돌봐줘. 어……, 아직 이름도 안 물어봤네?”

주머니를 뒤진 알버트는 수첩과 만년필을 꺼냈다.

글은 쓸 수 있어? 라는 질문을 받은 그녀는 빈 페이지에 ‘리타’라고 이름을 적었다.

“리타구나. 잘 부탁해, 리타.”

고개를 들자, 눈앞에는 나이프가 있었다.

'윽!'

칼날이 빛났다. 리타는 반사적으로 눈을 꾹 감았다.

앞머리를 잡아당기는가 싶더니 뚝 하고 날붙이가 닿는 소리가 났다. 날붙이가 떨어지는 느낌이 들어 조심스레 눈을 뜨자, 얼굴을 가리듯이 기르던 앞머리가 잘려 있었다.

"얼굴은 가리지 않는 편이 좋아. 너의 눈동자는 매력적이거든."

환해진 시야 한가득 달콤하게 녹아내리는 알버트의 미소가 보였다.

리타의 앞머리를 멋대로 잘라 버렸는데도 미안해하는 느낌조차 전혀 없었다. 리타는 넋을 놓고 말았다.

'이 사람은 대체 뭐지……?'

절대로 좋은 집안 자식은 아니다.

다정하게 웃는 얼굴로 무기를 꺼낼 수 있는 것이 이 남자의 본질이다. 리타는 그런 상대에게 팔려 온 것이다. 사람을 겁주고, 따르게 하는 데에 익숙한 지배하는 쪽의 인간에게.

알버트는 나이프를 넣었지만, 언제든지 리타에게 칼끝을 들이댈 수 있다고 말하는 것 같은 기분이 들어 견딜 수가 없었다.

바로 그때, 아까 헤어진 수염남이 뛰어왔다.

"오~ 위험했어. 겨우 왔네. 조금만 늦었으면 못 탈 뻔했어."

수염남은 보폭이 큰 걸음으로 리타 옆을 성큼성큼 지나쳐 소파에 털썩 앉았다. 장신의 체구가 소파에 다 담기지 않아 수염남은 내던지듯이 로테이블에 발을 올렸다.

"버릇 없게 뭐 하시는 거예요, 에밀리오 도련님."

"도련님이라고 부르지 말라고 했지? 내가 맨날 말하잖아."

마르다가 타이르자, 남자는 불쾌한 듯이 얼굴을 찌푸렸다.

그가 지나가자 희미한 화약 냄새가 났다. 체격도 좋은 데다 그야말로 싸움에 익숙해 보이는 연령 미상의 남자 앞에서 리타의 몸은 저도 모르게 굳어버렸다.

다갈색 머리카락 안쪽에서 사나운 짐승 같은 파란 눈동자가 리타를 포착했다. 사냥감을 가늠하는 듯한 날카로운 시선은 아무리 봐도 보통 사람으로는 보이지 않았다.

얼굴이 굳어 있던 리타의 어깨에 알버트가 손을 얹었다.

"……정식으로 소개할게. 내 이름은 알버트 로렌티. 그리고 에밀리오와 마르다야. 우리는 카르디아 섬에서 왔어."

'카르디아 섬이면……, 남쪽에 있는 섬이었지.'

리타는 어색하게 고개를 끄덕였다.

잘 모르는 줄 알았는지, 알버트가 수첩에 레갈리아 공화국 지도를 간단히 그려주었다.

부츠 같은 모양을 한 레갈리아 공화국은 본토의 대부분이 바다에 접해 있다. 그 발끝 부분에 딱 붙어 있는 것처럼 보이는 곳에 위치한 그곳이 바로 그들이 말하는 카르디아 섬이었다.

"네가 방금 전까지 있던 곳이 여기. 레갈리아 본토의 남서쪽. 네잘리에 지구를 지배하고 있는 제논 패거리라는 갱단의 암시장이지. 녀석들은 여기저기서 사람을 납치해 돈으로 바꾸고 있다는 소문이 자자해. ……그런 곳에 끌려가서 많이 무서웠지?

'무서웠어. 하지만…….'

이 사람들도 위험한 사람들인 건 아닐까?

이제 안심해도 된다고 했지만, 어떡해야 좋을지 몰라 또 다시 고개를 숙였다. 그러자 아래만 보고 있던 리타의 턱으로 알버트가 손을 뻗어 왔다.

알버트는 눈을 맞추려는 듯이 리타의 턱을 위로 쭉 올렸다.

"잘 왔어, 리타. 로렌티 패밀리에. **보스로서** 널 환영할게. 우린 카르디아 섬을 지키는 마피아야. 그리고……."

그러더니 밑을 알 수 없는 어두운 녹색 눈동자를 가늘게 뜨며 환영의 말을 입에 담았다.

"난 너를 내 아내로 삼기 위해 샀어."

'마피아.'

그것이 범죄조직을 가리키는 말이라는 것은 아무리 리타라도 알고 있었다.

폭력이나 밀수 등, 나쁜 짓을 해서 돈을 제 것으로 만드는 사람들. 범죄자. 레갈리아 본토의 신문에서도 본 적이 있었고, 세계 이곳저곳에도 존재했을 것이다.

알버트는 그 위험한 범죄 조직의 보스라고 자신을 소개했다.

'분명히 배가 고팠는데…….'

눈앞에 차려진 저녁 식사를 보면서 리타는 육즙을 잔뜩 머금은 감자와 사이드 디시로 놓여져 있던 당근을 천천히 한참 씹었다. 이런 진수성찬은 처음이다. 아마 다 먹었다간 체해버릴 것이다.

나이프와 포크로 깨작깨작 식사를 하던 리타에게 에밀리오가 말을 걸었다.

"이봐. 왜 그렇게 못 먹어?!"

'히익!'

게 눈 감추듯이 고기를 먹어 치우던 에밀리오는 매서운 눈으로 그녀를 쳐다보고 있었다.

"안 먹을 거면 내놔!"라느니 "우리가 대접한 식사를 못 먹겠다는 거냐!"라고 혼날 줄 알았던 리타는 제대로 잘 먹고 있다는 어필을 하기 위해 열심히 입을 움직였다.

에밀리오는 씨익 웃었다.

"꼭꼭 씹어 먹어! 배 많이 고팠지?"

'무, 무서워…….'

일단은 걱정……, 아니, 격려해주려는 의도인 것 같았지만, 엄청난 위압감에 그만 위축되고 말았다.

리타를 신경 써주고 있는 것은 에밀리오만이 아니었다.

알버트의 지시를 받은 마르타의 손을 거쳐 리타는 단정하고 말끔한 차림으로 앉아 있었다.

목욕을 하고, 알버트가 대충 자른 앞머리를 다듬고, 그 김에 끝이 갈라진 머리털뿐이던 머리카락은 어깨 언저리까지 자르고, 청결한 원피스를 받아 입은 후 식사를 하러 온 것이다.

마피아라고 소개한 그들은 리타를 몹시 인도적으로 대해 주고 있었다.

'대체 목적이 뭘까?'

'아내'라는 말을 듣고 '나한테 반했구나.' 하고 우쭐해할 만큼 바보는 아니었다.

알버트의 용모와 재력 정도라면 여자들이 얼마든지 달려들 테고, 상대가 넘쳐나면 몰라도 없어서 곤란할 것 같지는 않았다. 굳이 리타 같은 초라한 소녀와 결혼을 하고 싶다니, 혹시 무슨 특이한 취향을 갖고 있는 걸까……?

이것저것 물어보고 싶은 마음은 굴뚝 같았지만, 종이와 펜이 없으면 물어보는 것도 불가능했다.

반대편에 앉은 알버트를 힐끗 살피자, 그는 아주 우아하게 미소를 지어 보였다.

'……다친 데는 괜찮을까……?'

리타와 마르다가 욕실에 있는 동안, 알버트는 옷을 갈아입었다. 지금도 태연하게 식사를 하고 있지만, 아프지 않을까?

시선을 느낀 듯한 알버트는 와인글라스를 기울였다.

"그렇게 쳐다보지 마. 얼굴에 구멍 뚫리겠어."

선정적인 웃음을 지으며 키득 웃자, 리타는 접시로 시선을 떨어뜨렸다.

"하하. 총알이 몇 센티미터 빗나가서 다행이지, 잘못 맞았으면 어깨에 구멍이 뚫렸을걸?"

에밀리오가 농담을 했다. 웃을 수 없는 농담이었다.

"난 평소 행실이 좋으니까. 하지만 하마터면 큰일 날 뻔했어."

"바보 같은 말씀 하지 마세요. 응급 처치는 제대로 하셨어요?"

"응. 했어. 아~ 그 옷, 지은 지 얼마 안 됐는데, 딱 한 번 입고 엉망으로 만들어버렸군."

리타는 옷을 걱정하는 알버트의 머릿속이 이해되지 않았다. 농담을 하는 에밀리오의 머릿속도.

그들에겐 이게 일상일까? 그나마 마르다만은 다친 곳을 걱정하고 있었다. 상식적인 그녀가 있어서 다행이었다.

"옷은 또 지으면 되잖아. 나 참, 용케 맨날 다른 슈트로 갈아입는단 말이지."

"너처럼 옷장 끝에서 끝까지 전부 똑같은 슈트라면 뭘 입을지 고민하지 않아도 되니 편하겠지만, 그럼 재미없잖아. ……안 그래, 리타? 너도 여자니까 꾸미는 것엔 관심이 많지?"

그런 식으로 리타에게 화제를 던지면서도 처음부터 대답은 기대하지 않았을 것이다. 애매하게 고개를 끄덕이자, 화제는 다른 데로 돌아갔다.

섬에 새로 생겼다고 하는 리스토란테 얘기, 유명인의 가십 기사.

실없는 잡담이 술술 흘러갔다. 덕분에 리타는 질문을 받을까 봐 긴장하는 일 없이 식사에 집중할 수 있었다. ……완벽한 테이블 매너로 능숙하게 식사를 하는 리타의 손놀림을 알버트가 가만히 보고 있는 것도 눈치채지 못한 채.

웨건을 끌고 온 직원이 테이블을 치우고 방을 나간 후, 알버트는 또다시 리타에게 수첩을 빌려주었다.

거리가 있는 테이블석이 아니라 장소를 소파로 옮겨 느긋한 몸짓으로 유리잔을 준비하고 있었다. 불안해 하는 리타의 긴장을 풀어주기 위해서인지 알버트가 음료가 담긴 병의 코르크 마개를 열었다.

"자. 섬의 명물인 리몬첼로야."

그러더니 칵테일글라스에 음료를 따라 건네주었다.

솔직히 배가 불러서 음료도 거절하고 싶은 정도였지만, 상큼한 레몬 향은 리타의 마음을 진정시켰다. 한 모금 마셔보니 깔끔한 것이 식후 입가심으로 딱이었다.

'맛있어…….'

"입맛에 맞았다면 다행이네."

어깨의 힘이 풀린 리타를 보며 알버트가 미소를 지었다.

"그런데 넌 오로에 대해 얼마나 알고 있어?"

알버트가 자연스럽게 묻자, 리타는 고개를 절레절레 저

었다.

《아무것도 몰라요.》

거짓말이 아니라 정말로 아무것도 몰랐다. 오로라는 말 자체를 그 암시장에서 처음 들었다.

《이 눈동자는 희귀하기 때문에 고가에 팔린다고 암시장에 있던 사람들이 그랬어요. 그렇게 희귀한가요?》

"응, 아주 희귀해. 나도 실제로 보는 건 처음이야. 오로라는 건 카르디아 섬의 선주민이 갖고 있었다고 일컬어지는 황금색 눈을 말해."

카르디아 섬은 현재 레갈리아 공화국에 속해 있지만, 수차례 타국의 침략을 받아 온 역사를 가진 섬이다. 알버트의 말에 따르면, 그곳에 사는 선주민족들이 아름다운 황금색 눈동자를 갖고 있었다고 한다.

황금색은 부와 권력을 상징하는 색.

시대의 권력자들은 아름다운 황금색 눈동자를 선호해 그들을 잡아서 총애했다고 한다.

"'황금색 눈동자를 손에 넣은 자는 패자(霸者)가 될 수 있다'라는 전설도 생겨났나 봐. 성공의 증표. 손에 넣지 못하는 건 없다. 그런 상징이 되어 세계 각지로 끌려갔다고 해. ……뭐, 행운의 상징으로서 떠받들어졌다는 건 표면상의 이야기일 뿐, 단순히 신기하니까 권력자가 자신의 위상을 높이기 위해 노예로 삼았다고 말하는 게 더 적합하겠지."

잡아서 총애? 노예?

암시장에서 그런 대상으로서 자신에게 높은 가격이 붙었다는 사실을 알고는 소름이 오싹 끼쳤다.

《지금도 그런 일이 빈번한가요?》

"아니. 그 황금색 눈동자는 열성 유전인가 봐. 황금색 눈동자를 가진 자들 사이에서만 태어나지. 그걸 깨달았을 때는 이미 늦었지만. 소문에 따르면 황금색 눈동자는 핏줄이 끊겼거든."

그런 얘기는 지금 처음 들었다.

부모님은커녕 고향 사람들, 마을 의사도 몰랐을 것이다.

"넌 몰라도 이상할 것 없어. 카르디아 섬 주민들에게 전해지는 민화라고 할까? 동화 같은 이야기니까."

'외지인을 조심해라'라는 교훈도 담겨 있는지, 카르디아 섬에서는 모두가 아는 이야기라고 한다. 그리고 그런 '동화'가 일부 호사가나 뒷세계의 인간에게 전해져 희귀한 용모를 가진 사람이 고액에 사고 팔리는 요인이 되었다고 한다.

'……잠깐. 그럼 난 그 카르디아 섬 선주민의 피를 이어받았다는 뜻?'

하지만 리타는 곧장 마음속으로 중얼거렸다.

'무슨 오해가 있는 게 분명해.'

알버트의 설명에 따르면, 황금색 눈동자는 유전이다.

리타의 부모님, 혹은 친척 중에 카르디아 섬 선주민의 핏줄이 반드시 있어야 한다. 리타의 부모님의 눈 색깔은 녹색이다.

이런 눈 때문에 모친이 외간 남자와 부정을 저질렀다는 의심을 받은 적이 있지만, 리타의 마을에서도, 주변 동네에서도 황금색 눈동자를 가진 사람을 아무도 본 적이 없다고 했다. 물론 조상 중에 카르디아 섬 주민이 있었는지 어떤지는 알 길이 없다.

알버트는 리타가 틀림없이 오로라는 전제로 이야기를 이어 갔다.

"로렌티가는 원래 섬을 지키는 자경단으로 조직된 것이 시작이야. 침략자와 싸우기 위해 무기를 손에 든, 옛날부터 카르디아 섬을 지키고 있는 조직이지. 로렌티가를 이어받은 나와 황금색 눈동자를 가진 네가 맺어진다고 생각해 봐. 정말 멋지지 않아?"

'……만약 정말로 내가 선주민의 피를 이어받았다면 그럴지도 모르지만…….'

알버트가 원하는 것이 선주민족의 후예라면 그것을 확인할 방법은 없다.

돌연변이일 수도 있고, 아예 상관없을 가능성도 있다.

아니, 틀림없이 그럴 것이라는 생각밖에 들지 않았다.

《죄송해요. 저는 정말 아무것도 몰라요. 이 눈동자가 당신들이 말하는 '오로'인 황금색 눈동자인지 아닌지조차 저는 모르겠어요. 게다가 말도 못하고. 저는 당신의 아내가 되기엔 너무나도 부족한 사람이에요.》

"너는 오로가 맞아."

알버트는 단언했다.

"말을 못하는 것도 난 전혀 신경 안 써. 어때? 날 좋아할 수 없을 것 같아?"

《어째서 저에게……, 아니, 황금색 눈동자에 연연하시는 거죠?》

"음……, 첫눈에 반했으니까? 응, 그래, 첫눈에 반했어. 난 그 아름다운 눈동자를 보자마자 푹 빠져버렸어."

말도 안 되는 소리.

첫눈에 반했다는 말을 연발하며 막무가내로 납득시키려 하는 것으로밖에 생각되지 않았다. 속이 너무나도 빤히 들여다보이는 말에 두근거리기는커녕 얼굴이 한껏 굳어버리고 말았다.

리타의 표정을 본 알버트는 어깨를 움츠렸다.

"그런 표정을 짓다니, 상처받았어. 이런 로맨틱한 전개를 좋아할 줄 알았는데……. 뭐, 그래. 그렇다면 더 합리적인 얘기를 해볼까?"

리타가 '첫눈에 반했다'는 말에 설렘을 느끼는 꿈 많은 소녀였다면 그대로 끝까지 밀고 나갈 심산이었을까? 아무리 생각해도 알버트는 리타에게 연애 감정 따윈 없는 것 같았지만, 역시나 다른 의도가 있는 듯했다.

"난 로렌티가의 후계자인데, 결혼을 독촉하는 참견쟁이 할아버지들의 성화에 시달리고 있어. 우리 아버지는 일찍 돌아가셨고, 형제도 없거든. ……끊임없이 혼담이 들어와서 진저리가 나던 참이었어. 그런 와중에 오로가, 다시 말해, 네가 암시장에 나온다는 정보를 입수했지."

"오로라면 아무도 반대하지 않을 테니까. 섬 주민이라면 모두가 환영할 테고, 자기 손녀딸과 맺어주고 싶어서 환장한 고참 늙은이들도 입을 다물 거야."

에밀리오가 심술궂은 미소를 씨익 지으면서 말을 덧붙였다.

"그래. 그래서 네가 진짜 오로가 아니더라도 섬 주민들이 그렇게 여겨준다면 그걸로 충분해. 혈통서를 보여주면서 돌아다녀야 하는 것도 아니고. 난 너의 의식주를 보장하고, 넌 내 아내로서 행동해주면 돼. ……서로 윈윈이잖아. 어때? 나쁘지 않은 얘기지?"

방금 전과는 다른 시원시원한 말투.

수중을 보이는 편이 상대가 쉽게 납득할 것이라 판단한 것이다. 실제로 난데없이 좋아한다느니 첫눈에 반했다느니 그런 말을 들어봤자 믿음이 가지 않았다. 차라리 확실하게 이해관계임을 딱 잘라 말해주는 편이 더 나았다.

《당신과 결혼하면 마피아의 일원이 되는 건가요?》

"아니. 아내라고 해서 위험한 일에 끌어들일 생각은 없어. 한동안은 약혼자로서 우리 저택에서 살아줘야 하지만, 섬 주민들에게 인사가 끝나면 어디 조용한 곳에서 지낼 수 있도록 준비해 두지."

알버트는 "종종 얼굴 보러 갈게."라고 말하며 미소를 지었다.

사랑이 없는 결혼. 참 알기 쉬운 얘기였다.

일단 아내의 자리에 누군가를 앉혀 두고 싶을 뿐, 어쩌면 알버트에게는 따로 애인이 있을지도 모른다. 아니면 아직 독신으로 살면서 놀고 싶은 것뿐일 수도 있고.

"게다가 너를 위한 일이기도 해."

'?'

"암시장에서 널 사려고 했던 사람들, 참 많았지? 그런 녀석들에게 팔려 구경거리가 되거나 학대당하면서 살고 싶어? 로렌티가의 일원이 된다면 너의 목숨은 반드시 지킬게."

'……그럼 벌벌 떨며 살지 않아도 되는 거야? 잡힐 걱정도, 먹을 것 걱정도 안 해도 되는 거야……?'

"얌전히 있어만 주면 아무 불편 없이 살 수 있어."

살살 구슬리는 듯한 말이었지만, 리타는 반론할 마음이 들지 않았다.

돈으로 산 리타를 폭력을 휘둘러 복종시킬 수도 있었겠지만, 알버트는 그렇게 하지 않았다. 일단은 리타의 의지를 존중해주고 있다.

어차피 싫다고 해봤자 리타에게는 갈 곳도, 알버트가 자신의 몸값으로 지불한 돈을 갚을 여력도 없다. 선택지 따윈 없는 것이나 마찬가지였다.

《알겠어요. 당신이 하자는 대로 할게요.》

"받아들여줘서 기뻐."

거절당할 거란 생각 따윈 조금도 하지 않았다는 듯한 미소를 지으며 알버트가 고개를 끄덕였다.

"아, 그리고 필담은 굳이 존댓말로 할 필요 없어. 나도 알버트라고 편하게 불러. 굳이 존칭을 붙여서 쓰는 건 번거로울 테니."

그편이 대화도 원활하게 오갈 것이다. 리타는 고개를 끄덕인 후, 알버트에게 수첩을 돌려주었다.

"내일 카르디아 섬에 도착할 거야. 오늘은 푹 쉬어. ……마르다.”

“네. 자, 리타. 침실로 가자.”

리타는 마르다를 따라 일어섰다.

왠지 다리가 후들거리고, 머리가 멍했다.

피곤해서 몸이 안 좋은 건가 싶었지만, 내뱉는 숨에 알코올 냄새가 약간 섞여 있었다.

‘……리몬첼로는 주스가 아니라 술이었구나. ……어쩌면 밥 먹을 때 마신 음료도 술……? 왠지 엄청 졸려…….’

리타는 마르다가 하라는 대로 침대에 들어갔다. 그러자 마르타가 담요를 덮어주었다.

“많이 피곤하지? 안심하고 푹 자.”

‘안심하고……. 안심해도 될까?’

문 건너편에는 총과 나이프를 소지한 사람들이 있다.

처음 만난 상대 앞에서 자는 건 위험하다는 생각이 들었지만, 잔뜩 긴장해 있던 마음은 식사와 술로 완전히 풀어져버린 상태였다.

‘이대로 얌전히 있으면 난 조용히 살 수 있구나.’

그러면 충분하잖아. 지친 리타의 마음이 자신을 타일렀다.

‘설령 상대가 마피아라 하더라도, 이제, 뭐든 상관없어…….’

리타는 생각하는 것을 포기하고 의식을 놓았다. 청결하고 푹신한 시트의 바다는 순식간에 리타를 잠의 세계로 데려갔다.

“경계하던 것치곤 금방 수긍했네.”

마르타와 리타를 물러가게 한 후, 사이드보드에 놓인 술병으로 손을 뻗은 에밀리오가 웃었다. 선박 회사에서 숙객(熟客)인 그들을 위해 알아서 좋은 술을 준비해주었다.

리몬첼로는 마시기 좋은 술이지만, 알코올 도수는 꽤 높다.

피곤한 리타가 자기 전에 마시기엔 딱 좋은 술이지만, 에밀리오는 부족했을 것이다. 에밀리오는 글라스를 두 잔 꺼내더니, 그곳에 호박색 액체를 따랐다.

“난 더 고집을 부릴 줄 알았는데. 마피아는 싫다느니, 무섭다느니 하면서 말이야. 보통은 그런 상황에서 겁먹고 그러지 않나?”

“여태껏 별로 좋은 대우를 받고 산 것 같진 않아. 감정이 없는 아이야. 뭐, 얘기가 빨라 나야 고마웠지만.”

“뭐랄까, 달관했다고 해야 할지, 담담하다고 해야 할지…….

말을 안 하니까 그렇게 보이는 걸지도 모르지만.”

에밀리오가 뺨을 벅벅 긁었다.

사전 정보에는 말을 못 한다는 내용이 없었지만, 알버트의 입장에서는 오히려 좋았다. 입이 무겁고, 비밀을 지킬 수 있는 사람은 대환영이다.

"아까 봤어? 그 아이, 예절 교육을 제대로 받았더라."

"어? 아~ 깨작깨작 먹긴 하더라."

"제논 일당은 깡촌에서 데려왔다고 설명했지만, 시골에 살면 학교조차 제대로 안 보내주잖아? 그래서 당연히 교양 같은 건 없을 줄 알았는데, 그 아이는 교양이 몸에 제대로 배어 있었어. 참 신기한 아이야."

익숙지 않은 환경임에도 아주 자연스럽게 식사를 할 수 있었던 건 책으로만 본 지식이 아니라 제대로 실천할 기회가 있었기 때문일 것이다. 주뼛거리며 아래만 보고 있지만 자세는 나쁘지 않았고, 행동거지도 깔끔했다.

박해당한 자 특유의 겁먹은 몸짓과 아름다운 몸놀림의 언밸런스함.

자라 온 배경이 보이지 않는 점이 황금색 눈동자와 어우러져 현실에서 동떨어진 인상을 주는 아이였다.

"……조사해볼까?"

에밀리오는 눈을 가늘게 뜨며 물었다.

"아니, 됐어. 관심은 있지만, 딱히 뭘 숨기고 있는 것도 아닌 것 같고."

하지만 알버트의 입장에서는 예의범절 공부를 따로 시킬

필요가 없을 것 같아서 수고를 덜었다는 정도였다. 그는 자신의 결혼 상대에게 관심이 없었다.

음료를 한 모금 마신 뒤 본론으로 들어갔다.

"……그래서? 그 후에 제논 일당은 어떻게 했어?"

"아……. 따돌리기 귀찮아져서 몇 명 죽였어. 항구 근처까지 쫓아왔지만, 아무리 그래도 배에는 손을 못 댈 테니."

"뭐, 고작 셋이 탔으리라곤 생각도 못했을 거고."

이 배는 로렌티가의 영향력 아래에 있다. 아무리 머리에 피가 거꾸로 솟아 앞뒤 분간을 못한다 하더라도 대책 없이 배 안까지는 쫓아오지 못할 것이다. 로렌티가 쪽에서 조직원들을 배에 대거 대기시켜 놓았을 가능성이 있으리라고 생각하기 때문이다.

그러나 네잘리에 지구를 지배하는 제논 일당의 영역에 적대 관계인 로렌티가가 나타나 요란하게 소동을 일으켰다면 절대 가만히 있지 않을 것이다.

아마 다른 방법으로 카르디아 섬까지 쫓아오리라는 것은 쉽게 예상할 수 있었다.

"육로 쪽은?"

"감시 중이야. 카르디아에 들어와도 못 본 척하면 되는 거지?"

"응. 한동안은 마음대로 다니게 그냥 놔둬. 한 마리씩 처리하는 것보다 여럿이 모이고 나서 한꺼번에 처리하는 게 효율이 좋으니까."

담담하게 말하는 알버트의 잔에 에밀리오가 추가로 술을 따랐다. 그러더니 히죽히죽 웃으며 자신이 들고 있던 잔으로 알버트의 잔에 건배를 했다.

"쥐새끼 잡기가 끝나면 성대한 약혼 파티라도 열자고. 독신 생활을 청산하는 우리 보스를 위해."

"……그렇게 웃을 수 있는 것도 지금뿐이야. 내가 결혼하면 나한테 오던 혼담이 너한테 다 갈걸?"

화살이 자신에게 향하는 것을 상상했는지, 에밀리오는 쓴 것을 마시듯이 술을 들이켰다.

"난 늙은이들의 손녀딸하곤 절대 결혼 안 할 거야."

"그럼 그렇게 되기 전에 너도 어디서 하나 데려와."

당혹감과 경계심이 배어 나오던 소녀의 얼굴을 떠올리며 알버트는 우아하게 잔을 기울였다.

알버트가 원하는 것은 순종적이고, 정숙하고, 설령 경찰이 찾아와도 패밀리의 일원으로서 불리한 말은 하지 않는 결혼 상대이다. 말을 못하는 리타는 그야말로 알버트의 바라던 결혼 상대라고 할 수 있었다.

얌전히 말만 잘 들으면 생활을 보장해줄 테니 리타의 입장에서도 나쁜 얘기는 아닐 것이다.

'자, 어떻게 할까?'

연애나 모략, 둘 다 상대의 의도를 읽고, 속이고, 함정에 빠뜨리는 것으로 알버트에게는 어느 쪽이든 별 차이 없는 일이었다.

2 유혹인지, 협박인지

– 리타 너, 눈이 이상해! 저주받은 눈이야!

'……윽!'

잠에서 깬 리타는 순간적으로 얼굴을 가리고자 앞머리에 손을 뻗었다. 하지만 곧 어제 알버트에게 잘린 것이 떠올렸다.

아무것도 잡지 못해 어정쩡하게 올라간 손을 힘없이 내렸다.

어렸을 적 꿈을 꾼 건 오랜만이었다. 암시장에서 많은 사람들 앞에 눈을 드러낸 것이 어느 정도 리타의 정신에 대미지를 준 듯했다.

식은땀을 닦고 몸을 일으키자, 닫힌 커튼 사이로 햇빛이 새어 들어오고 있었다.

옆 침대는 사람이 잔 듯한 흔적이 남아 있었고, 침구는 가지런히 개어져 있었다. 마르다는 벌써 일어난 것 같았다.

'……이건 꿈이 아니구나.'

암시장에서 팔린 것. 뛰고 도망쳐 마피아들과 함께 있는 것.

베개맡에는 이걸 입으라는 듯이 검은색 원피스가 놓여 있었다. 이제 막 시침실을 떼어 낸 듯한 새 원피스는 막상 입어보니 리타에게는 사이즈가 조금 컸다.

"좋은 아침, 리타. 잘 잤어?"

응접실로 나가자, 알버트가 상큼한 미소로 맞이해주었다.

오더 메이드인 듯한 늘씬한 슈트를 맵시 있게 입고, 머리는 왁스를 사용해 가볍게 세팅한 것이 그야말로 빈틈이 없다는 인상을 주었다. 그에 반해 에밀리오는 수염도 덥수룩하고, 잔뜩 헝클어진 머리, 어제와 똑같은 검은 슈트지만 넥타이는 매지 않고, 와이셔츠 단추를 몇 개나 풀고 있었다. 대조적인 두 사람은 에스프레소를 한 손에 들고 소파에 편히 앉아 있었다.

이리 오라는 손짓을 따라 리타는 소파 가장자리에 얕게 걸터앉았다.

알버트가 그런 리타와의 거리를 좁히며 다가왔다. 들여다보듯이 얼굴을 바짝 갖다 대는 바람에 리타는 소파에서 굴러 떨어질 뻔했다.

"음. 어제보다 안색이 좋네. 안심했어."

'가, 가까워……!'

얼굴을 보이는 것만으로도 싫은데 알버트가 바로 옆에 앉는 바람에 숨을 쉬는 것조차 힘들었다.

남자가 다가오기는커녕 타인과의 접촉조차 제대로 경험해본 적이 없었던 리타. 가슴이 두근거리는 것은 미남이 접근했기 때문에 느끼는 설렘이 아니라 어제 머리카락을 잘렸을 때처럼 또 무슨 짓을 당하지 않을까 하는 불안에서 우러나오는 경계심 때문이었다.

“리타, 비스코티는 먹을 수 있겠어? 섬에 도착하기 전에 간단히 배를 채워 두는 편이 좋을 거야.”

유일한 위안은 마르다였다.

만약 알버트와 에밀리오만 있었다면 리타는 방에서 나오지 못했을지도 모른다. 그들의 엄마 같은 존재인 마르다를 리타는 무의식적으로 의지하고 있었다.

‘하지만 이 사람도 마피아의 일원……이겠지……?’

그녀도 무기를 몰래 숨기고 있을까? 이 다정해 보이는 여자가 총을 쏘는 장면을 상상해보았다. ……인간에 대한 불신이 깊어질 것 같았다.

마르다가 건넨 카페라테를 마시면서 리타는 앞으로 지내게 될 로렌티가에 대해 생각했다. 괜찮아, 얌전히 있으면, 조용히 있으면 죽이진 않을 테니까. 몇 번이나 자신을 그렇게 타이르며 몸을 움츠린 채로 배에서 시간을 보냈다.

정오가 지난 무렵, 배는 항구에 들어갔다.

“이곳이 카르디아 섬의 중심 도시, 세레노야. 다양한 문

화가 유입돼서 레갈리아 본토와는 분위기가 또 다르지?"

'굉장해……. 이렇게 활기가 넘치는 항구일 줄이야.'

커다란 항구였다.

부두에는 화물선이 정박해 있었고, 화물을 내리는 선원들의 커다란 목소리가 들려왔다. 근처에는 무언가를 건설 중인지 와이어가 달린 십다란 기계가 보였다.

조금 살풍경한 항구에서 도시 쪽으로 시선을 옮기자, 아름답게 정비된 거리가 눈에 들어왔다.

하얀 회반죽을 벽에 바른 레갈리아풍의 전통적인 건물이 있는가 하면, 둥그런 돔 형태의 지붕에 극채색 문양이 새겨진 어딘가 이국을 방불케 하는 건물도 있었다.

알버트가 말한 대로 다양한 문화가 뒤섞인 도시였다.

중심가 쪽으로 가면 큰 극장과 광장도 있는 듯했다. 리타는 밖에 거의 나가지 않고 살았기 때문에 모든 것이 신선한 나머지 저도 모르게 주변을 두리번거리며 구경하고 있었다.

'어라……?'

문득 정신을 차려보니 마르다와 에밀리오는 사라지고 알버트와 단둘이었다.

"두 사람에겐 먼저 돌아가라고 했어. 너와 데이트를 즐기고 싶었거든."

'뭐?!'

"자, 그럼 리타의 옷을 사러 가볼까?"

알버트는 즐거운 듯이 부티크에 리타를 끌고 들어갔다. 벨 소리가 경쾌하게 울린 그곳은 그야말로 '소개 없이 오시는 분은 정중히 거절합니다'라는 분위기가 느껴지는 고급 부티크였다.

"어머! 어서 오세요, 알버트 님!"

"여어, 노라. 갑자기 찾아와서 미안해."

"아니에요! 알버트 님이라면 언제든지 대환영이죠. 웬일로 동행 분이 계시네요. ……어머나!"

여주인이 화들짝 놀랐다. 그녀의 시선 끝에는 리타의 눈동자가 있었다.

고향에서는 이상한 취급을 받고, 인신매매단에게는 희귀하다는 취급을 받은 황금색 눈동자 오로.

이곳에서도 무슨 말을 들을까 봐 잔뜩 긴장한 리타를 향해 여주인은 들뜬 목소리로 말했다.

"어쩜 이리도 근사할까! 색이 다르다니, 참 신비롭네요. 게다가 오른쪽 눈은 황금색? 마치 전설의 오로 같아요."

'……응……?'

호의적인 말에 놀라버렸다.

알버트는 뒤에 숨어 있던 리타를 자랑하듯이 끌어안았

다. 여주인과 점원들의 시선이 리타에게 쏠렸다.

"'오로 같아'가 아니라, 진짜 오로야, 노라."

"네?! 저는 동화 속에서만 존재하는 줄 알았어요! 그야 본토 친구들은 아무도 오로가 뭔지 모르는걸요!"

'……그러게. 나도 몰랐는걸. 하지만 알버트가 말한 대로 이 섬 사람들은 '황금색 눈동자'에 나쁜 인상을 갖고 있지 않은 것 같아…….'

점원들도 놀란 표정을 짓고 있었지만, "어머나." "처음 봤어!"라고 수군대는 모습은 어딘지 모르게 기뻐 보이기까지 했다. 알버트도 그런 모습을 기분이 썩 나쁘진 않다는 듯한 얼굴로 보고 있었다.

"이 아가씨가 이제 막 이 섬에 와서 말이야. 어울릴 만한 옷을 몇 벌 골라주겠어?"

"알겠습니다. 어디 보자, 이 아가씨께 어울리는 옷이……."

덩치가 작은 리타는 나이보다 어려 보이는 듯했다. 여주인이 앙증맞은 프릴이 잔뜩 달린 원피스를 대보았지만, 알버트는 고개를 가로저었다.

"내 옆에 섰을 때 어울리는 옷으로 부탁해."

그 말을 듣자, 점원들은 표정을 다잡았다.

리타가 알버트에게 어떤 존재인지 추측하지 못하고 있었을 것이다. 단순한 지인인지, 친인척인지, 연인인지.

'내 옆에 섰을 때 어울리는' 말은 로렌티가 보스의 '특별한 존재'에게 어울리는 것을 가져오라는 것이다. 알버트의 말을 듣자마자 직원들이 좌라락 흩어졌다.

진한 감색 천에 금실이 수놓여진 시크한 스커트.

옷깃과 소매에 우아하게 레이스가 달린 블라우스.

가슴이 대담하게 벌어진 롱 드레스. ……들고 오는 옷의 수준이 확 높아졌다.

'이런 건 절대로 안 어울려……!'

리타는 우뚝 선 채 몸을 떨었다.

점원들이 가져온 옷을 선별하는 것은 알버트였다. 몇 벌째 되는 옷을 보고 고개를 끄덕이자, 탈의실에 던져져 그대로 속옷부터 시작해 하나부터 열까지 점원들이 입혀주는 대로 입었다.

끝난 줄 알았더니 점원들이 의자에 앉힌 다음, 화장을 해주기 시작했다. 머리에도 손을 뻗었다. 여기저기서 손이 뻗어오자, 리타는 움찔움찔 과도하게 반응하고 말았다.

"아, 움직이지 마세요. 얘, 리본 줘!"

점원이 재빠른 손놀림으로 머리를 리본으로 땋았다.

"피부가 좋으니까 립스틱도 부드러운 색이 좋겠네요."

화장을 해주는 여자는 몇 개나 되는 립스틱과 얼굴을 비교해 보았다. 점원이 베이비핑크색 립스틱을 손에 들자,

근처에서 보고 있던 알버트가 다른 색을 내밀었다.
"이게 더 어울릴 것 같은데?"
"알버트 님. 아가씨는 옅은 색을 발라야 더 귀여워 보이실걸요?"
"그래? 그럼 시험 삼아 한번 발라볼게."
여자와 자리를 바꾼 알버트가 립 브러시를 손에 들곤, 쭉 밀어 올린 립스틱을 묻혔다.
그러더니 리타의 턱에 손을 댔다.
'읏, 아, 알버트가 바르는 거야……?!'
동요한 나머지 뒤로 몸을 빼는 리타를 보며 알버트의 미소는 더더욱 깊어졌다.
"자, 가만히 있어. 라인이 비뚤어지니까."
묘하게 섹시한 목소리를 듣자, 리타의 뺨이 뜨거워졌다.
알버트가 의자 위에서 경직된 리타의 입술에 브러시로 립스틱을 쓱쓱 발랐다.
윤곽을 잡고 나서 세심하게 색을 바른 후, 색이 잘 밀착되도록 손가락 바닥으로 톡톡 두드려 마무리했다.
숨결이 닿을 만큼 가까이 있는 알버트에 얼굴을 보자, 리타의 심장이 두근두근 뛰었다. 주위에 있던 점원들도 손을 멈추고 알버트의 요염한 일거수일투족을 넋을 놓고 보고 있었다.

"아, 역시 예상대로 귀여워. ……봐봐. 잘 어울리지?"

동의를 구한 알버트가 돌아보자, 그의 모습을 멍하니 보고 있던 점원들이 저주에서 풀린 듯이 일제히 고개를 끄덕였다.

"네, 저, 근사하세요. 알버트 님도 참, 정열적이시네요."

"그러게 말이에요. 눈 둘 곳을 몰라 어찌나 당황했는지 몰라요. 하지만 확실히 그 색이 아가씨와 잘 어울리네요."

"그렇지?"

득의양양하게 웃은 알버트가 리타를 일으켜 세웠다.

"자! 어때, 리타?"

리타는 자신의 손을 잡고 이끄는 알버트를 따라 전신거울 앞에 섰다.

리타는 아무리 꾸며봤자 어려 보이기 십상이라 어울리지 않을 거라 생각했다.

'어……? 이게, 나?'

하지만 거울을 본 순간 리타의 심장이 쿵쾅쿵쾅 뛰었다.

먼저 눈에 들어온 것은 입술에 발린 화려한 색감의 핑크색이었다. 창백했던 얼굴의 혈색이 좋아 보이게 해주는 덕분에 좋은 의미로든 나쁜 의미로든 눈이 두드러지는 리타의 인상이 확 달라 보였다.

몸을 덮고 있는 것은 무릎이 보일 듯 말 듯한 길이의 가벼운 아이보리색 드레스. 벨트 대신 벨벳 리본을 허리에 매고, 파니에[#1]로 스커트를 살짝 부풀렸기 때문에 야윈 리타의 몸도 여성스러운 실루엣이 되었다.

윤기가 없는 퍼석한 밤색 머리는 드레스와 똑같은 아이보리색 리본으로 땋은 후, 어른스럽게 보이도록 위로 올려 묶었다.

초라한 소녀의 모습은 어디에도 없었다.

이곳에 오기 전까지 봤던 세련되고 활기차고 즐겁게 거리를 활보하던 여자들과 전혀 다를 것 없는 모습처럼 보였다.

"마음에 들어?"

넋을 놓은 채 멍하니 거울을 본 것을 깨닫고는 창피해졌다.

'내가 초라한 행색으로 다니면 창피하니까……, 그래서 이렇게 옷을 사주는 걸 거야.'

그렇게 생각하면서도 태어나서 처음으로 화려하게 꾸민 자신의 모습을 보니 마음이 들뜨고 말았다.

흠칫흠칫 떨면서 굽이 높은 구두에 발을 넣었다. 휘청거리는 리타의 어깨를 알버트가 에스코트하듯이 끌어안았다.

"화장품도 다 챙겨서 계산한 후에 다른 옷과 함께 우리 저택으로 보내줘."

"알겠습니다. 또 잘 부탁드려요."

#1 파니에 스커트를 넓히기 위하여 허리에 넣는 틀이나 페티코트 따위를 이르는 말.

생글생글 웃는 점원들의 배웅을 받으며 가게를 나온 리타는 두근거리는 가슴을 꾹 누르면서 걷기 시작했다.

하지만 그것도 잠시. 보석점, 수입잡화점, 다른 부티크, 신발 가게 등등, 알버트는 이런저런 가게에 리타를 데려가 거하게 쇼핑을 했다.

'이, 이제 됐어. 이제 됐어요!'

알버트와 외출할 일이 있을 때 필요하니까, 라는 이유로 옷이나 신발을 사주는 거라면 그나마 이해가 된다. 하지만 크리스털로 만든 토끼 장식은 리타의 생활에 필요 없고, 레이스 손수건은 몇 십 장이나 가지고 있어봤자 소용이 없다.

자신을 위해 돈을 쓸 필요는 없다고 처음에는 펄쩍 뛰었지만, 상황을 보고 있으려니 알버트 나름의 이유가 있다는 것을 깨달았다.

알버트는 섬 주민들에게 리타를 선보일 수 있다.

평소엔 이용하지 않는 가게와의 새로운 연결 고리도 만들 수 있다.

그리고 리타에게 섬 주민들과의 관계는 양호하다는 인상을 각인시킬 수도 있다.

데이트라고 했지만, 그 점까지 확실하게 계산에 넣은 것처럼 보였다.

'으으……, 피곤해…….'

홀로 벤치에 앉은 리타는 억지웃음을 짓느라 굳어버린 얼굴을 풀었다.

"잠시만 기다리고 있어."

알버트는 일이 생겼는지 광장에 리타를 두고 어딘가로 가버렸다. 알버트에게서 해방된 순간, 피로가 한꺼번에 확 몰려왔다.

바닥에 돌이 깔린 광장의 중심에는 커다란 분수가 있었다. 그 주변에서 아이들이 즐거운 듯이 꺅꺅 소리를 지르며 신나게 놀고 있었다. 아이들은 리타를 신경조차 쓰지 않는 것 같았지만, 여기저기 놓인 벤치에 앉은 사람들이 자신을 보고 있는 듯한 기분이 들어—리타의 자의식 과잉일지도 모르지만—마음이 진정되지 않았다. 그녀는 다리가 아픈 척하면서 고개를 숙였다.

'나 앞으로 여기서 잘 헤쳐 나갈 수 있을까……?'

많이 걸어서 그런지 발뒤꿈치가 약간 빨개져 있었다.

한숨을 후우 내쉬자,

"잠깐, 당신!"

난데없이 앙칼진 목소리로 누군가가 말을 거는 바람에 깜짝 놀랐다.

얼굴을 들자, 허니 블론드 소녀가 머리를 찰랑거리며 리타를 향해 걸어오는 참이었다. 리타와 비슷한 또래로 보이는 그녀는 굽이 높은 화려한 구두를 완벽하게 소화하고 있었다.

"당신 말이야, 어? 황금색 눈동자……?!"

리타의 눈 색을 보자마자 몹시 놀란 듯이 한순간 주춤거렸지만 곧바로 정신을 차렸는지 눈썹을 치켜 올렸다.

"당신, 알버트 님과 무슨 사이야?"

소녀가 콧김을 거세게 내뿜으며 따져 묻는 바람에 리타는 어리둥절했다.

"다 봤어. 알버트 님이 당신의 어깨를 안고 가게에서 나오는 모습을. 많이 친해 보이더라?"

'어, 저기…….'

이 아이는 알버트의 애인?

긴 속눈썹에 감싸인 커다란 눈망울로 평가하듯이 리타를 보고 있었다.

리타가 언제까지고 말없이 있어서 수상쩍게 여기는 것 같았다. 알버트에게 수첩을 빌렸으면 좋았을걸. 리타는 난처할 따름이었다.

'어떡하지? 알버트가 빨리 와야 하는데.'

알버트의 모습을 찾아 주위를 둘러봤지만, 그녀의 입장에서는 리타가 자신을 무시하고 있는 것으로밖에 보이지 않는 듯했다. 한마디도 하지 않는 태도에 울컥한 듯이 얼굴을 찌푸렸다.

"당신, 내가 우스워? 입 다물고 있지 말고 무슨 말 좀 해봐!"

소녀가 따져 물으며 리타의 어깨를 잡았다. 어떡하지? 화가 났는데, 그렇다고 내가 어떻게 해야 좋을지 모르겠어…….

윤이 나는 스트레이트 팁 가죽 구두가 돌바닥을 밟는 소리가 들리자 리타가 숙이고 있던 고개를 들었다.

"리타, 오래 기다렸지?"

그러자 알버트가 아무것도 모른다는 표정으로 돌아오는 참이었다. 그는 화난 얼굴의 소녀와 리타를 티 나게 번갈아 보고는, 고개를 갸우뚱거렸다.

"여어, 밀레나. 이런 곳엔 어쩐 일이야?"

밀레나라고 불린 소녀는 황급히 리타의 어깨에서 손을 떼었다.

"아뇨, 아무것도……. 마침 지나가다가 마……말을 걸었을 뿐이에요."

"그렇구나. 오늘은 쇼핑하러 나왔어?"

"아, 네……. 진수식이 코앞이니까요. 지어 놓은 드레스에 어울리는 액세서리를 찾으러 왔어요."

"그럼 진수식 때 귀여운 모습을 볼 수 있겠네? 기대하고 있을게."

알버트가 미소를 짓자, 밀레나도 안도한 듯이 미소를 지어 보였다.

“리타, 소개할게. 이쪽은 밀레나 마르티니 양. 아까 우리가 타고 온 배도 마르티니 가가 소유한 회사의 여객선이지. 아버님과는 선대부터 집안끼리 친한 사이야. ……밀레나. 리타는 오늘 막 이 섬에 왔고, 목소리를 내지 못하는 친구야.”

“어머……! 그랬군요.”

리타가 말을 하지 못한다는 사실을 알게 된 밀레나는 납득한 듯했다.

“미안해요, 눈치채지 못해서. 말을 못 하다니……, 불쌍해라.”

‘불쌍해……?’

동정하는 듯한 밀레나의 말은 리타의 가슴을 쿡 찔렀다.

여태껏 리타는 사람들과 거의 어울리지 않고 지내 왔다. 대화를 하지 못해 곤란한 상황이 별로 없었다고 해도 좋을 정도였다. 그래서 이 섬에 온 뒤로 또래 여자들이 신이 나 있는 모습을 보고 있기만 해도 주눅이 들고 말았다.

밀레나의 말은 그런 리타의 열등감을 자극했다.

그리고 또다시 고개를 푹 숙이고 말았다. 잠자코 이 상황을 얼른 넘겨야 한다는 생각만 하고 말았다.

"'불쌍하다'니, 그렇지 않아."

알버트의 손가락이 리타의 머리에 닿았다.

아래를 보고 있는 탓에 흐트러진 머리를 그의 손가락이 귀에 걸어주자, 리타는 화들짝 놀라 얼굴을 들었다. 인자한 시선이 그 앞에 있었다.

"리타의 눈동자는 말보다 훨씬 많은 감정을 비추거든. 보고 있으면 하고 싶은 말이 확실하게 전해져. 그래서 난 딱히 불편하지 않아."

그런 말을 듣는 건 처음이라 리타는 마치 자신의 존재를 인정받은 듯한 기분이 들고 말았다. 그러고 보니 알버트는 리타가 말하지 못하는 것을 알아도 싫은 태도 한번 취한 적 없고, 이 눈도 똑바로 쳐다본다.

불쌍하지 않아. 그 말이 리타의 가슴에 울려 퍼졌다.

밀레나는 자신이 말실수를 했다는 것을 깨닫고는 황급히 얼버무렸다.

"아……, 그, 그러게요. 불쌍하단 말은 실례였네요."

"응. 실례야. 너의 가치관으로 사람을 평가하지 마."

쌀쌀맞은 목소리에 밀레나도, 리타도 굳어버렸다. 방금 전까지만 해도 살갑게 웃고 있던 얼굴은 한없이 차가웠다.

"아, 알버트 님……?"

"리타는 내 약혼자야. 리타를 모욕하는 건 날 모욕하는 것과 같아. ……말조심하도록 해."

"야, 약혼? 저, 저기, 알버트 님!"

알버트는 혼란스러워하는 밀레나를 무시하고 리타의 어깨를 휙 끌어안았다.

"차를 불러 놨어. 가자, 리타."

광상을 나가자, 곧바로 까만 차가 다가왔다.

알버트가 타라고 재촉했다. 리타는 뒷좌석에 알버트와 나란히 앉았다. 리타의 무릎에 새 만년필과 스케치북이 놓여졌다.

"이걸 사러 갔다 왔어. 있는 편이 좋잖아?"

온화하게 미소 짓는 알버트였지만 방금 전까지 밀레나를 대하던 태도를 본 그녀는 오히려 가슴이 차가워졌다.

리타는 주뼛거리며 '고맙습니다'라고 스케치북 첫 페이지에 적었다.

이렇게 배려해주는 건 감사한 일이고, 아까도 자신을 감싸주었다.

좋은 점도 있을지 모르지만, 《굳이 그런 식으로 말할 필요는 없지 않아?》라고 작은 글씨로 비난이 담긴 말을 적고 말았다. 알버트가 노골적으로 차가운 태도를 취한 탓에 밀레나는 울상이 되어 있었다.

"왜? 그 아이는 널 업신여겼어. 용서해선 안 돼."

《난 신경 안 써.》

"그래?"

《그 아이는 당신을 좋아하잖아? 당신이 차갑게 대해서 굉장히 상처 받았어.》

"난 그 애를 좋아하지 않아. 단순히 교류가 있는 회사의 딸이니까 적당히 상대해주고 있을 뿐이야. 상처를 받든, 나를 싫어하게 되든 내가 알 바 아니야."

처음에는 밀레나에게 살갑게 대했으면서, 손바닥 뒤집듯이 차갑게 내쳤다. 마치 당근과 채찍을 자유자재로 구사하듯이.

《차갑게 굴 거면 처음부터 다정하게 대하지 말든가.》

둘 사이에 잠깐의 침묵이 흘렀다.

"리타."

리타는 자신을 부르는 목소리에 섬찟 놀랐다.

알버트는 그 차가운 눈동자로 리타를 보고 있었다. 그러더니 펜을 쥔 손을 위에서 부드럽게 포개어 잡았다.

"네 인생은 내가 샀어. 내가 하는 일에 참견하지 말아줘."

'잔말 말고 내 말이나 들어.' 그는 분명 이렇게 말하고 있었다.

'난 큰 착각을 하고 있었어.'

리타의 의사를 인정하고 존중해주고 있던 것이 아니다.

리타에게 다정하게 대하는 건 말을 듣게 하기 위해서고, 다정하게 대해주고 기분 좋게 만들어서 거역하지 않게 하기 위해서였다.

"이번 주말에 마르티니 가에서 경영하는 회사 진수식[#2]에 초대받았어. 그곳에서 널 내 약혼자라고 소개할 거야. 이 일대의 유명인사가 모이는 좋은 기회이거든. 밀레나도 올 거고, 많은 사람들에게 인사도 할 거야. 그러니까 그렇게 고개를 떨궈선 안 돼. 내가 너에게 무엇을 바라고 있는지 알지?"

알버트의 물음에 리타는 새로 산 아이보리 드레스로 시선을 떨구었다.

'……좋은 점도 있을지 모른다고 생각했는데…….'

다정한 태도에 마음을 열고 넘어갈 뻔했기 때문인지 배신당한 기분이 들고 말았다.

그런 리타를 곁눈질로 보면서 알버트는 시니컬한 미소를 지었다.

"……마피아가 설마 다정할 줄 알았어?"

리타는 대답을 적지 않았다.

알버트의 손이 자신의 손을 잡고 있는 탓에 글씨를 쓸 수 없었다. 그런 핑계를 대며 입을 꾹 다물었다.

#2 진수식 새로 만든 배를 처음 물에 띄우는 세리머니

화려한 중심가를 빠져나가 10분 정도 만에 로렌티가의 저택에 도착했다.

부지는 높은 벽으로 쭉 에워싸여 있었고, 문을 넘어서도 차를 타고 가지 않으면 현관에 도착하지 못했다. 구석구석 손질이 잘된 정원을 빠져나가자, 으리으리한 3층짜리 하얀 저택이 리타를 맞이했다.

'이곳이 로렌티가…….'

상상했던 것보다 훨씬 컸다.

아무것도 모른 채 왔으면 유서 깊은 귀족의 저택이라고만 생각했을 것이다.

운전기사는 차를 현관에 옆으로 세우더니, 리타 쪽으로 뛰어와서 문을 열어주었다.

"다녀오셨어요? 어머나, 리타! 딴사람이 돼서 왔네!"

안에서 나온 마르다가 기쁜 표정을 지어주었다. 태평한 웃음을 보자, 차 안에서 잔뜩 얼어붙어 있던 신경이 사르르 녹아내렸다.

"리타의 방도 준비되었습니다."

"고마워. 저택 안내는 마르다에게 맡겨도 될까?"

"네, 저에게 맡겨주세요."

알버트는 이대로 외출하는 듯했다.
리타를 내려준 후, 차는 또다시 거리로 나갔다.
"자, 리타. 따라와."
가슴을 툭 친 마르다를 따라 저택으로 발을 들였다.
뻥 뚫린 현관 홀에는 샹들리에가 달려 있었고, 고가로 보이는 그림과 장식품이 이곳저곳에 놓여 있었다.
'우와……!'
마피아의 저택이라는 사실이 머릿속에서 싹 사라지며 저도 모르게 멋진 장식품을 넋을 놓고 봐버렸다.
여기가 살롱, 여기가 응접실……. 잇따라 안내받은 방은 화려하진 않지만 클래식한 인테리어가 차분함과 우아함을 느끼게 해주었다. 틀림없이 몇 대에 걸쳐 쓰여 온 저택일 것이다. 정교하게 세공된 빈티지 램프를 보면서 그런 생각을 했다.
저택 자체는 마피아답지 않았다.
정확히 뭐가 '마피아다운지' 모르겠지만, 적어도 무기를 손에 든 남자들이 바글거리거나, 벽에 총알이 박혀 있는 분위기는 아닌 것 같았다.
리타에게 주어진 방은 2층 복도 끝에 있는 방이었다.
침대, 방에 달린 옷장, 화장대, 테이블 세트 등, 필요한 것은 모두 갖춰져 있었다. 전부 온기가 느껴지는 백목 가구로 통일되어 있었고, 옅은 민트그린색 벽지는 눈을 편안하게 해주었다.

"여자 방인데 조금 수수한가? 나중에 꽃무늬 커튼이라도 가져오라고 할게."

'아뇨, 괜찮아요, 그러실 필요 없어요.'

리타는 황급히 고개를 저었다.

이렇게 근사한 방을 받은 것만으로도 감사할 따름이었다. 게다가…….

'방 안에 갇혀 있을 것도 아니잖아.'

차 안에서 알버트의 말만 들었을 때는 방에서 나가지 못하는 게 아닐까 걱정도 되었다. 하지만 창문에는 창살도 없었고, 방에 자물쇠가 달려 있지도 않았다.

같은 층에 있는 서고도 자유롭게 써도 된다고 한다.

"1층 식당과 살롱은 써도 상관없지만, 안쪽 응접실이나 홀에는 관계자들이 들락날락하니까 함부로 들어가지 않도록 해줘."

리타는 고개를 끄덕였다. 아내라느니 약혼자라느니 해도 리타는 그들의 동료가 아니기 때문에 발을 들여선 안 되는 영역일 것이다.

"그리고 의사 선생님을 불러 놨어. 리타의 목을 진찰해 주실 거야."

《의사 선생님?》

"응. 확인차 진찰을 받아 두는 편이 안심이 되잖아. 알버트 님께서 불러 두라고 부탁하셨어."

로렌티가에 의사는 상주하지 않기에 다치거나 아플 때는 세레노의 거리로 나가서 불러와야 한다고 한다. 바르다와 함께 1층으로 내려간 리타는 진찰실로 사용한다는 방으로 안내받았다.

"선생님, 오래 기다리셨죠?"

안에 있던 의사는 저택 사람이 내온 차를 마시던 중이었다. 편안한 태도로 앉아 있던 의사는 리타를 한차례 쓱 보자마자 의자를 박차고 일어났다.

"오, 오오오오?!"

'뭐, 뭐지?'

그러더니 리타에게 바짝 다가와선 어깨를 덥석 잡았다.

의사는 놀라는 리타의 눈을 잡아먹을 듯이 쳐다보았다.

"오로! 지, 진짜 그 오로? 전설의 그 오로?!"

"네, 진짜예요. 진정하세요, 선생님."

"어떻게 진정하겠어요!! 그 황금색 눈동자 '오로'라구요!"

"선생님."

온화하게 말하던 마르다는 리타에게 위협이 가해질 경우

에는 바로 반격할 수 있도록 에이프런 주머니 안으로 손을 넣어 총을 쥐고 있었다.

그런 줄도 모르는 의사는 리타의 얼굴과 마르다를 번갈아 보았다.

"아니, 오로가 대체 왜 이곳에?!"

"네잘리에에서 위기에 처해 있던 아가씨를 알버트 님께서 **구해**주셨어요. 조만간 알버트 님과 결혼하실 예정이랍니다."

알버트와 결혼한다는 말을 듣자마자 의사는 리타에게서 손을 떼었다.

비실비실한 몸에 동그란 안경, 흰색 가운이 아니라 면셔츠에 카고 팬츠라는 편안한 차림을 한 의사는 자신을 스테파노라고 소개했다. 40대 정도 되어 보였고, 조수는 데리고 있지 않았다.

"네잘리에? 그렇게 치안이 나쁜 곳에서 살았어요?"

리타는 고개를 저었다.

하지만 스케치북을 꺼내기 전에 스테파노는 질문을 이어갔다.

"지금까지 어디 살았어요? 혹시 당신의 부모님도 오로? ……아니에요? 그럼 할아버지나 할머니? 친척은? 다른 가족 중엔 없었어요?"

연거푸 질문을 했다.

당혹스러워하고 있자, 스테파노의 눈에서 눈물이 왈칵 쏟아졌다.

'으응?'

당황해서 어찌할 바를 모르는 리타를 앞에 두고 스테파노는 감격한 듯이 꺼이꺼이 울기 시작했다.

"굉장해……. 살아 있는 동안 오로를 만나다니……. 난 말이죠, 줄곧 오로에 대해 연구해 왔어요. 이 세계의 어딘가에 살아남아 있진 않을지 희미한 기대를 품고 있었는데, 설마 이런 식으로 만나게 될 줄이야!"

스테파노는 눈물을 닦은 손수건으로 자신의 안경도 쓱쓱 닦았다. 그러더니 리타를 빤히 쳐다보았다. 놀란 리타는 몸을 뒤로 젖히고 말았다.

"정말 아름다워……. 마치 호박을 잘라 넣은 듯한 황금색 눈동자! 홍채 부분은 조금 푸른빛이 감돌고 있군요. 흐으음. 좌우로 빛의 느낌이 다른 건가? 시야 문제인가?

이 눈동자는 더는 유전이 아닌 걸까?"

스테파노가 혼자서 끊임없이 떠들고 있으려니, 마르다가 손뼉을 치며 현실로 돌려놓았다.

"스테파노 선생님. 리타가 곤란해하고 있어요."

화들짝 놀라며 정신을 차린 스테파노가 머리를 긁적긁적

긁었다.

"아, 이것 참 실례했습니다."

"진찰을 시작해주세요."

……알버트와 거리를 걷고 있을 때도 흥미로운 듯이 리타의 눈을 보고 가는 사람은 많았지만, 이렇게 열광적인 사람은 처음이었다.

스테파노의 눈은 반짝반짝……, 아니, 오히려 번뜩번뜩 빛난다는 표현이 정확할 것이다. 리타는 자신을 꺼리고 피하는 것과는 또다른 불편함을 느끼고 말았다.

진찰의 목적인 목은 눈에 띄는 이상도 없고, 병이나 상처가 있는 것 같지도 않다고 진단받았다.

"얘기가 불가능한 건 아마 심인성 질환 같아요. 스트레스나 심리적 충격이 있었을 때 얘기를 할 수 없게 되는 경우가 있거든요. 의학 용어로는 실성증(失聲症)이라고 하는데……, 짐작 가는 원인이 있나요?

진료 기록 카드에 펜을 놀리면서 스테파노가 물었다.

리타의 경우, 목소리가 나오지 않게 된 지 벌써 6년이나 됐다.

입술을 앙다문 리타에게 스테파노가 재차 질문하는 일은 없었다.

"……뭐, 느긋하게 가죠. 몸과 마음을 푹 쉬게 해주고 기운을 차리는 게 가장 좋은 약이거든요."

리타의 야윈 팔다리를 보며 동정하는 듯한 표정을 지었다.

"그러게요. 리타는 이제 막 이 섬에 왔으니까요. 우선 이곳 생활에 익숙해지는 게 우선이겠죠."

"네. 게다가 목에 문제가 있는 것도 아니니까요……. 훈련을 거듭하다 보면 틀림없이 또다시 목소리를 내어 얘기할 수 있게 될 거예요."

"어머나! 정말인가요? 다행이다, 리타."

'또 얘기할 수 있게 된다고……?'

마르다가 리타 대신 몇 번이나 고개를 끄덕여 주었지만, 리타는 목소리를 내어 얘기할 수 없는 것이 일상이 되어버렸기 때문에 이제 와서 기쁘다는 감정이나 열심히 해야겠다는 감정은 들지 않았다.

"정기적으로 상태를 보도록 하겠습니다."

리타는 스테파노의 말에 애매하게 고개를 끄덕였다.

의사의 얼굴일 때는 이성적이었지만, 진료 기록 카드를 덮은 스테파노는 머뭇거리며 리타를 쳐다보았다.

"……그래서 저기, 혹시 괜찮다면 황금색 눈동자에 대해 조사해봐도 될까요……?"

얘기를 듣고 싶어, 연구하고 싶어, 관찰하고 싶어. 연구자 특유의 눈은 너무 숨김이 없어서 무서웠다. 리타는 얼굴이 굳은 채 시선을 돌렸다.

"진찰하는 김에 어때요? 어디 보자……. 사흘에 한 번 정도……."

"어머나, 그렇게 빈번하게 진찰을 받을 필요가 있나요? 알버트 님께 보고를 드려야겠네요."

"아, 아뇨, 그런 게 아니라."

진찰을 핑계로 황금색 눈동자를 보고 싶은 듯한 스테파노는 불순한 생각을 지적받은 것처럼 황급히 손을 내저었다.

빈번한 왕진 계획은 결국 마르다에 의해 제지당했다. 알버트의 허가가 떨어지지 않는다고 하면 스테파노도 물러날 수밖에 없을 것이다.

"스테파노 선생님. 포기하세요."

어깨를 추욱 늘어뜨린 스테파노에게는 미안했지만, 리타에겐 이 눈에 대한 좋은 기억이 별로 없다. 고향이나 가족에 대해 이것저것 물어보는 것도 싫었기 때문에 마르다가 거절해줘서 그만 안도하고 말았다.

'그렇게 생각하면 알버트나 마르다는 나에게 고향에 대해 아무것도 물어보지 않았어.'

단순히 관심이 없는 걸지도 모르고, 네잘리에에서 경매에 붙여질 정도니까 얼추 눈치로 파악했을 수도 있다. 아니면 이미 다 조사해봤기 때문일지도 모른다.

'……집에 돌아가고 싶지 않냐고 물어보지 않아서 마음이 편해.'

돌아갈 곳이 없다는 사실을 떠올리는 건 괴로우니까.

후미진 작은 마을. 리타의 고향은 사람의 출입이 적은 시골이었다.

– 리타 너, 눈이 이상해!

– 저주받은 눈이야! 우리 엄마가 그랬어!

양쪽 눈 색이 다른 사람은 이 세상에 적잖이 존재한다. 하지만 작은 마을에서 남들과 외모가 다른 리타를 사람들은 기이한 눈으로 볼 때가 많았다.

특히 아이들은 리타의 눈에 대해 '무섭다', '징그럽다', '이상하다'는 말을 자주 했고, 리타는 금세 따돌림을 당했다. 욕을 듣거나 손가락질을 당하며 비웃음을 사는 것이 무서워서 머지않아 리타는 집에 틀어박히게 되었다.

밖엔 심술궂은 사람들밖에 없어. 그러니까 집에서 나가지 않아도 괜찮아.

아빠와 엄마는 다정했지만, 그 다정함은 풍파를 일으키지 않기 위한 것이었다.

다정한 말은 부모 본인들을 위한 것이기도 했을 것이다. 리타를 주위의 눈에서 감추려는 듯이 억지로 밖에 나가지 않아도 된다고 몇 번이나 타일렀다.

– 희귀한 아이는 비싸게 거래된다.

– 부잣집에 팔면 그 아이도 틀림없이 행복해질 것이다.

마을 사람들이 이래저래 훈수를 들며 리타를 팔아버리라는 얘기를 하는 것을 들어버린 적도 있다. 오로라는 말은 시골에선 알려지지 않았지만, 오드아이라는 것만으로도 가치가 붙을 것이다. 리타 말고도 자식이 있었기에 집안을 이을 자식 걱정을 할 필요도 없었고, 집에 틀어박혀 있는 딸이 사라지면 그만큼 생활도 넉넉해질 것이다.

엄마는 울고 있었다.

아빠는 말이 없었다.

가난한 집이라 생계에 여유가 없는 것도 알고 있었던 리타는 자신이 팔려 갈 것이라 짐작했다.

그래서 집에서 도망쳤다.

어린애의 다리로 걸을 수 있는 거리는 한정되어 있다. 사람 다니는 길을 피해 나무가 우거진 산길로 걸음을 옮겼다. 곧바로 아빠나 엄마가 찾으러 와줄 것이라고 믿었다.

난 필요 없는 애가 아니라고 말해주길 바랐다.

걱정하면서 마중하러 와선 꼭 껴안아주길 바랐다. 일부

러 소지품을 떨어뜨리고, 몇 번이나 걸음을 멈춰 뒤돌아보았다. 정신을 차려보니 어디를 어떻게 걸어왔는지 산길에서 미아가 되었다.

……아무도 나를 찾으러 와주지 않아.

밤이 되자 무서워서 울었다.

어느샌가 울면서 잠들어버렸는지, 자신을 적시는 비를 맞으며 눈을 떴다. 또다시 비틀비틀 산길을 헤매다가 공복과 피로로 힘이 다해 풀썩 쓰러지고 말았다.

'분명히 이대로 죽을 거야.'

그런 생각을 하며 땅에 엎드려 있자, "뭐 이런 지저분한 애가 있어?"라고 차갑게 잠긴 목소리가 들렸다.

"너, 어디서 온 애니?"

오래된 숄을 두른 노파가 목덜미를 잡더니, 리타를 억지로 일으켜 세웠다. 깊은 주름이 진 위엄 있는 얼굴은 그림책 속에 나오는 심술궂은 마녀처럼 보였다.

"어디서 왔냐고 묻잖아?"

노파는 목덜미를 잡은 채로 몸을 흔들었다. 꽤나 난폭한 노파였다.

집에 틀어박혀 있던 리타는 이런 식으로 매서운 말투로 혼난 적이 없었다. 본능적으로 솔직하게 말하지 않으면 혼날 것이라고 느낀 리타는 입을 열었다.

"……읏, 아……."

하지만 입에서 나온 것은 마른 한숨뿐이었다.

'목소리가, 안 나와.'

목구멍이 들러붙어버린 것처럼 움직이지 않았다.

휘익 울리는 목을 누르며 리타는 멀뚱멀뚱 있을 뿐이었다.

"뭐야, 말을 못 하니?"

여전히 매서운 말투로 묻는 노파에게, 리타는 고개를 끄덕였다.

노파는 깊은 한숨을 내쉬더니, 따라오라고 말하고는 등을 돌렸다. 따라가야 할지 말지 망설였지만, "빨리 오지 못해?!"라고 혼나는 바람에 저도 모르게 몸을 펄쩍 뛰었다.

근처에 낡고 오래된 집이 있었다. 그곳이 그녀의 집인 듯했다. 산의 사면과 일체화된 듯한 건물에는 덩굴이 무성하게 감겨 있었다. 그야말로 마녀의 집 같았다.

노파를 따라 안으로 들어가자, 밖에서 봤을 때보다 집이 더 좁게 느껴졌다. 여기저기에 책이 빽빽하게 꽂혀 있고, 녹슨 액세서리와 오래되어 삭은 드레스가 눈에 들어왔다.

노파는 따뜻한 물을 받은 욕조에 리타를 이끌었다. 그리고 빨래라도 하듯이 철퍽 철퍽 소리를 내며 거친 손길로 직접 리타를 씻겨주었다. 하지 말라고 말하고 싶었지만, 여전히 목소리는 나오지 않았다. 땀도 진흙도 눈물도 거칠게 씻겨 내려갔다.

타월로 쓱쓱 문질러 물기를 닦고 적당한 슈미즈[#3]를 입힌 다음, 노파는 빵과 수프를 준비해주었다. 배가 고팠던 리타는 순순히 식사에 손을 뻗었다.

난폭하고 퉁명스럽지만, 나쁜 사람은 아닌 듯했다.

"돌아갈 곳은 있니?"

노파가 물었다. 리타는 고민한 끝에 고개를 내저었다.

'돌아가도 내가 있을 곳은 없어.'

난 나를 위해 도망친 것이다.

'다정한 아빠와 엄마'를 망가뜨리지 않기 위해. '필요 없는 아이'라고 여겨지지 않기 위해.

노파는 딱히 아무것도 묻지 않았다. 그렇구나, 라고 짧게 중얼거리고는 리타에게 수프를 더 떠서 주었다.

그날부터 노파와 리타의 기묘한 동거가 시작됐다.

노파의 집은 구조가 무척 특이했다.

밖에서 보는 것보다 안은 훨씬 좁았다. 물건이 많아서 그런 건가 싶었지만, 옷장 안에 비밀의 방이 있기 때문이었다. 그 비밀의 방이 리타의 침실이 되었다.

처음에는 왜 이런 곳에 자신을 두는 건지 이해가 가지

#3 슈미즈 배와 엉덩이를 덮는 길이의 여성용 상의 속옷

않았지만, 그 의문은 금세 해결됐다.

"여어, 할멈. 아직도 살아 있었군."

관리라고 말해주지 않으면 모를 깡패 같은 남자들이 세금을 징수하러 찾아오기 때문이다. 이 근처 동네들은 세금 징수가 꽤나 빡빡한지, 건물 넓이나 가족 수에 따라 고액의 세금이 부과된다. 경우에 따라서는 여자나 아이들을 인신매매단에게 팔아 넘기는 경우도 있다고 한다.

관리가 온 낌새를 감지하면 리타는 비밀의 방에서 숨을 죽이고 그들이 가기를 기다린다.

그들은 사람을 조롱하러 찾아올 때도 있다. 그리고 그때마다 멋대로 집 안에 들어와선 돈이 될 만한 물건이 없는지 물색한다. 관리들이 봤을 땐 색이 바랜 낡은 드레스나 녹슨 물건을 소중히 보관해 두고 있는 노파는 과거의 영화에 집착하는 불쌍한 노인으로밖에 보이지 않을 것이다.

"이번 달엔 돈 줬잖아! 얼른 돌아가!"

"쫄딱 망한 할멈이 건방지구만. 이런 다 쓰러져 가는 집, 당장 부숴버리는 수가 있어!"

"그런 짓을 하면 당신들은 돈 걷을 곳이 하나 줄겠지. 난 언제 죽어도 상관없지만, 당신들은 착취할 상대가 없으면 곤란할 텐데?"

노파가 매서운 말투로 다그치자, 남자들은 침을 퉤 뱉으면서 나갔다.

콰앙. 쿠웅. 꽈당. 화풀이를 하듯이 물건을 떨어뜨리고 문을 거칠게 닫는 소리가 더 이상 들리지 않자, 리타는 벌렁거리던 심장을 진정시키며 숨을 내쉬었다.

'저 사람들에게 들키면 난 팔려 갈까……?'

그런 미래를 상상하고는 무서워졌다.

비밀의 방에는 그 밖에도 많은 것이 숨겨져 있었다.

손잡이가 떨어진 티포트 안에는 정교하고 치밀한 무늬가 새겨진 카메오[#4]가. 변색된 낡은 상자 속에는 매끈한 실크 손수건이. 두꺼운 책의 페이지를 파서 만들어진 공간에는 루비 반지가 보관되어 있었다.

이 집에 한가득 있는 보석과 액세서리는 얼핏 보면 전부 잡동사니로밖에 보이지 않지만, 가치가 있는 것은 그냥 봐선 모르게 숨겨 놓은 것이다. 그것을 조금씩 전당포에 맡기고 빌린 돈으로 생활했다.

노파는 어디 먼 곳의 부잣집 딸이었지만, 젊었을 때 집이 몰락해 목숨만 겨우 건져 도망쳤다고 한다.

옛날에는 틀림없이 화려하고 당당한 아가씨였을 것이다.

오랜 세월에 걸쳐 잃어버린 아름다움과 영화를 돌이켜보긴 해도, 결코 과거를 깎아내리거나 슬픔에 취하는 사람은

#4 카메오 마노, 호박, 조개껍데기 따위와 같이 색상이 여러 층인 재료를 써서 만든 작은 장신구의 하나.

아니었다.

"너, 읽고 쓰기는 할 줄 아니?"

어느 날, 노파가 물었다. 리타는 고개를 저었다.

글이 거의 없는 어린이용 그림책 정도밖에 본 적이 없다.

노파는 개성이 강한 글씨로 리타에게 글을 가르쳐주었고, 책을 읽으라고 했다.

읽고 쓰기를 할 수 있게 되자, 노파의 이름이 올가라는 것을 알았다. 리타는 성인(聖人)과 똑같은 이름이라며 성서의 한 페이지를 가리켰다.

"난 그렇게 대단한 사람이 아니야."

노파는 그 말에 싫은 표정을 지었다.

"아니지, 생선 나이프는 그 옆이라고 했잖아!"

어느 날은 테이블 매너 훈련을 받았다.

방 안쪽에서 은식기를 꺼내 온 올가는 테이블에 은식기를 펼쳐 놓고 엄격하게 지도했다.

저렴한 식재료로 그런 자리에서 나올 법한 요리로 가정해 나이프와 포크를 제대로 다루지 못했던 리타에게 예절을 철저하게 주입시켰다.

"북쪽으로 더 쭉 가면 큰 나라가 있어. 이곳의 서쪽과 남쪽에는 섬나라가 있지."

어느 날은 지도 보는 법을 가르쳐주었다.

리타가 있는 곳은 작고 작은 마을이었고, 세계는 그보다 훨씬 넓었다.

넓은 세계에는 눈 색이 다른 아이도, 피부색이 다른 사람도 있구나.

밖에는 제대로 나가지 못했지만, 지루할 틈이 없을 정도로 배울 것이 많았다.

《왜 저한테 이것저것 가르쳐주시는 거예요?》

리타가 궁금한 듯 물었다.

"당연히 네가 혼자 사는 데 곤란한 일이 없게 하기 위해서지! 난 네가 어른이 될 때까지 살아 있지 않을 테니까."

올가가 말했다.

"리타, 모든 것을 체념한 듯한 너의 눈을 보고 있으면 옛날의 나를 보고 있는 것 같아서 화가 나. 사는 걸 포기하지 마! 있을 곳이 생기면 물고 늘어져서라도 지킬 수 있는 여자가 되란 말이야!"

매서운 말은 과거의 자신에게 전하는 말이었을까?

그리고 봄에 핀 꽃이 질 무렵, 올가는 세상을 떠났다.

미간을 팍 찌푸린 채 무서운 얼굴로 잠들 듯이 숨을 거두었다.

리타는 올가의 시체를 마당에 묻은 후, 최소한의 짐과 그녀가 준 지식을 챙겨 바깥 세상으로 뛰쳐나갔다.

이곳에 있다간 언젠가 관리들에게 발견되어 어딘가로 팔려 갈지도 몰라.

그 전에 자신이 있을 곳을 찾아야 한다. 그렇게 생각해서 내린 판단이었다.

……하지만 결국 리타는 인신매매 조직에 붙잡히고 말았다. 그리고 짐마차에 내던져진 후 치안이 나쁜 네잘리에까지 짐짝처럼 옮겨져 지금 이 카르디아 섬에 있다.

'이렇게 으리으리한 저택에서 예쁜 옷을 입고, 따뜻한 밥을 먹을 수 있는 것만으로도……, 행복한 거, 맞지?'

리타는 빵을 작게 뜯어 입에 넣으면서 몇 번이나 그렇게 자신을 타일렀다.

1층에 있는 식당은 리넨 식탁보가 깔린 가늘고 긴 테이블이 세 줄로 놓였을 뿐인 소박한 공간이었다. 안쪽 계단을 걸어 내려오면 조리장이 있고, 각자 그곳에서 식사를 받아 아무 자리에나 자유롭게 앉아 식사를 한다. 전원이 모여 식사를 하는 일은 거의 없다고 첫날 마르다가 알려주었다. 생활 리듬이 저마다 다르기 때문이라고 한다.

리타는 되도록 눈에 띄지 않는 구석 자리를 골라 앉았다. 그리고 주위를 살피며 입을 움직였다.

졸려 보이는 얼굴로 아침을 먹고 침대로 향하는 자도 있는가 하면, 에스프레소를 한 손에 들고 신문을 훑는 자도 있다. 그리고 식사를 마치면 식기는 알아서 치우고 나간다.

리타는 이곳에서 공기나 마찬가지였다.

조직원들은 리타를 매정하게 대하지는 않지만, 적극적으로 얽히려 하지도 않았다. 멀리서 구경만 하고 있었다. 굳이 다가오는 자는 없었다.

알버트가 진수식 날까지는 얌전히 있으라고 했기에 밖을 나다니지도 못하고, 하는 일도 없다……. 결국 지금까지와 별반 다르지 않는 생활이었다. 생활 수준은 높아졌지만, 쥐 죽은 듯이 사는 삶은 전혀 다를 것이 없었다.

리다와 또래 칭넌들이 바쁘게 뛰어다니는 모습을 보니 일하지도 않고 느긋하게 살고 있는 것이 왠지 미안해서 괜히 마음이 불편해지고 말았다.

'이렇게 있어도 될까? 저택에 얹혀살면서 하는 일도 아무것도 없다니…….'

초콜릿색 난간을 따라 2층으로 올라갔다. 고개를 숙인 채 복도를 꺾자, 리타의 몸은 충격과 함께 쓰러졌다.

'꺄악!'

발소리 하나 내지 않고 걸었던 탓에 뛰어오던 조직원과 세게 부딪쳐버린 것 같았다. 리타도 상대도 털썩 엉덩방아를 찧었다.

"아프잖아! 눈을 어디 두고 걷는 거야!"

상대가 버럭 화를 내자, 리타는 몸을 잔뜩 움츠렸다.

단추를 몇 개나 풀어 헤친 옷깃 사이로 짤랑거리는 액세서리를 하고 있는 젊은 남자 조직원은 성미가 급하고 딱 봐도 무서워 보였다.

하지만 자신과 부딪친 사람이 리타임을 깨달은 조직원이 되레 하얗게 질려버렸다.

"아, 죄, 죄송합니다! 괜찮으십니까?"

'…미안해요, 내가 정신을 놓고 걷는 바람에 그만……!'

상대가 내민 손을 잡고 일어서려 하자, 찌익, 천이 찢어지는 소리가 났다.

'찌익?'

얇은 천을 몇 겹이나 포개어 풍성하게 보이도록 만든 롱스커트 치맛자락이 찢어졌다. 스커트를 힐로 밟은 채 급하게 일어서려고 했기 때문이다.

고급스러운 옷과 익숙지 않은 힐과 둔하고 굼뜬 리타의 시너지 효과로 인해 조직원의 얼굴은 새파랗게 질렸다. 조직원은 허리를 접고 머리를 푹 숙였다.

"죄, 죄죄죄송합니다!"

'어? 아니, 잘못은 내가 했는데…….'

리타 같은 사람에게 왜 이렇게 저자세로 나오는 걸까? 이상하게 여겼지만, 리타가 알버트의 약혼자라는 것은 이 저택 사람들이라면 다 아는 사실이었다.

'내가 알버트에게 이를 거라고 생각하는 걸지도 몰라.'

그럴 일은 없지만, 조직원의 입장에서는 리타의 태생이나 배경을 모르기 때문에 거리를 두는 것이 당연했다.

"우, 우선 이걸!"

슈트 재킷을 벗은 조직원이 리타의 다리를 가리듯이 그것을 건네었다.

'아니, 치마 쪽이니까 가리지 않아도 되는데……. 게다가 내가 밟아서 찢어진 거고.'

서둘러 그 말을 전하기 위해 스케치북에 적으려고 하던 그때, 하필이면 알버트가 다가왔다.

"히익, 알버트 님……!"

"……뭐 하는 거야?"

리타와 굳은 조직원을 번갈아 보면서 감정이 섞이지 않은 목소리로 물었다.

"죄송합니다! 제가 부딪치는 바람에 아가씨의 옷이 찢어져 버렸습니다! 옷 값은 변상하겠습니다!"

조직원 남성은 힘껏 머리를 숙였다.

그들은 알버트를 어떻게 생각하고 있을까? 조직원이 당황하는 모습을 보니 독재자나 지배자 못지않게 두려워하는 것처럼 느껴졌다.

잘못한 것은 본인인데 다른 사람이 사과하는 모습을 가만히 보고만 있던 리타는 허둥대며 알버트에게 전했다.

《잠깐. 내 잘못이야. 이 사람은 잘못 없어.》

"아뇨! 제 잘못입니다!"

《아냐. 내가 앞을 안 보고 다녀서 그런 거야.》

리타와 조직원이 실랑이를 벌이자, 알버트는 고개를 내저었다.

"……그만 됐어. 급한 거 아니야? 얼른 가. 리타는 내가 방까지 데려다줄 테니."

"가, 감사합니다……."

'앗, 잠깐, 이거……!'

슈트 재킷을 리타에게 건넨 채 조직원은 휙 뛰어가고 말았다. 보아하니 소매에 달린 단추가 덜렁거렸다.

"……내가 돌려줄게. 이리 줘."

《폐를 끼쳤으니 내가 돌려줄게. 게다가 단추도 곧 떨어질 것 같고.》

단추를 새로 달아서 돌려줄 생각이었는데, 알버트는 탐탁스럽지 않은 표정을 지었다.

"리타. 난 너에게 잡일을 시키기 위해 널 산 게 아니야. 바느질 같은 건 본인이 알아서 하라고 해. 네가 그런 일까지 할 필요는 없잖아."

《그럼 나는 뭘 하면 되는데?》

"아무것도 안 해도 돼. ……그렇게 생각했는데, 걷는 연습을 조금 하는 편이 좋겠군. 발만 보지 말고, 얼굴을 들고, 턱을 당겨. 당당한 미소를 지으며 내 옆을 걸어."

알버트는 지금까지 살아온 방식과 정반대로 걷는 법을 지시했다.

"그리고 이걸 줄게."

알버트가 재킷 주머니에서 작은 상자를 꺼냈다.

뚜껑을 딸깍 열자, 보석 한 알이 박힌 반지가 쿠션 위에 끼워져 있었다.

투명도가 높고, 빛을 받아 무지개색으로 반짝이는 작은 보석은 다이아몬드. 알버트를 따라 들어갔던 보석점에서도 유리로 된 쇼케이스에 보관되어 있던 상품이었다. 알버트는 리타의 왼손을 잡더니, 약지에 반지를 끼웠다.

약혼 반지를 주는 순간은 이렇게 무미건조한 걸까? 손가락에 딱 맞는 커다란 다이아몬드가 달린 반지를 봐도 아무런 감흥이 없었다.

"이제 넌 어딜 어떻게 봐도 내 약혼자야. ……진수식에선 당당한 태도로 다녀줘."

'진수식……. 진수식이 끝나면 난 어떻게 될까? 알버트와 결혼……하는 걸까……?'

지금처럼 가볍게 반지를 준 것처럼 어느샌가 웨딩드레스를 입고 교회에서 사랑을 맹세하게 되는 걸까? 자신의 인생이 앞으로 어떻게 될지 전혀 상상되지 않았다.

알버트는 '아무런 부족함 없는 생활'을 하게 해주겠다고 이곳에 왔을 때 말했지만, 자유롭게 지내도 된다는 말은 한마디도 하지 않았다. 리타의 방까지 바래다주고 나서 반지가 들어 있던 작은 상자를 테이블에 놓은 후, “그럼 이만.” 하고 재빨리 방에서 나가려 했다.

‘자, 잠깐!’

그래서 리타치고는 용기를 내어 알버트를 붙잡았다.

알버트는 슈트 자락을 잡아당긴 리타 쪽으로 몸을 돌렸다.

“왜?”

그가 고개를 갸웃거리며 물었다.

《진수식이 끝나면 밖에 나가도 돼?》

“밖에 나가고 싶어? 글쎄. 일단 앞으로의 일은 앞으로 찬찬히 생각하자.”

《안 된다는 뜻이야?》

“안 되는 건 아니야. 단, 너의 안전을 지키기 위해선 저택에 있어주는 편이 좋은 시기도 있어.”

그럴싸한 말투로 얘기하지만, 밖에 나가도 된다는 말은 절대 하지 않았다.

결국 단추가 떨어질 듯이 덜렁거리던 슈트는 알버트가 가져가버렸다. 닫힌 문 앞에서 리타는 한동안 우두커니 서 있었다.

‘……갇혀 있는 것 같아.’

방에 자물쇠가 달린 것도 아닌데, 마치 여기서 나갈 수 없을 것 같은 답답함을 느꼈다.

'알버트는 내가 밖에 나가길 바라지 않는구나. ……어슬렁어슬렁 돌아다니다가 문제를 일으키면 곤란하니까? 아니면 이름뿐인 약혼자라는 게 알려지면 안 되니까?'

아내가 된다는 이야기를 받아들였을 때보다 지금이 몇 배나 더 불안했다.

'난 이대로 괜찮을까……?'

알버트의 선언대로 리타가 밖에 나갈 수 있었던 것은 진수식 당일이었다.

그날은 아침 일찍 일어나 알버트가 저택으로 불러 모은 전문 스태프들의 손에 의해 화려하게 변신했다.

로렌티가에서부터 타고 온 까만 차는 인파에서 조금 떨어진 곳에 정차했다.

파란 하늘을 비추는 바다도 온화했고, 떠들썩한 것을 좋아하는 카르디아 섬 주민들은 이미 세레노항에 대거 모여 있었다. 오늘이 마치 돈을 쓸어 담을 기회라는 듯이 나온 포장마차와 악사들이 사람들에게 활기를 불어넣어 주었고, 항구 주위는 꽃과 테이프로 꾸며져 있었다.

먼저 내린 알버트가 차 안에 있는 리타에게 손을 내밀었다. 그 손을 주뼛주뼛 잡은 리타는 알버트에게 에스코트를 받으며 차에서 내렸다.

주위의 시선이 일제히 이쪽으로 향해지는 것을 느꼈다.

"이 많은 사람들이 나를 보고 있어……!"

완벽하게

스리피스 슈트를 완벽하게 갖춰 입은 미청년 알버트가 등장하자, 곱게 차려입은 부인들도, 멀리서 보고 있던 시민들도 황홀한 한숨을 흘리고 있었다.

그 옆에서 주뼛주뼛 걷는 리타의 복장은 바닷바람에도 펄럭이지 않는 튼튼하고 탄탄한 천으로 만든 드레스. 라피스라줄리를 녹인 듯한 군청색에 하얀 재킷이 조화를 이루고 있었다. 액세서리는 드레스를 돋보이게 해주는 진주. 전부 알버트가 준비한 것이다. 신발은 굽이 낮은 구두라 다행이었다.

'발을 보지 말고, 얼굴을 들고, 턱을 당기고.'

미소를 지으려고 해봤자 호기심의 눈이나 사람을 평가하는 듯한 시선과 마주치고 만다. 리타의 옷차림이나 행동은 그대로 알버트의 평가로 직결된다는 것을 잘 알 수 있었다.

"저기 봐, 오로야. 나, 처음 봤어……."

"저 애는 누구야?"

시선과 사람들의 속삭임을 느낄 때마다 리타의 몸은 움츠러들었다. 악의는 없다는 것을 알고 있어도 남들이 쳐다보는 건 불편했기에 그때마다 숨을 죽이고 말았다.

알버트는 그런 리타를 사람들에게 과시하듯이 끌어안고는, 사랑스러운 미소를 지어 보였다.

"고개를 들어. 다들 너를 보고 있으니까."

알버트는 당당한 태도로 젊은 여자들을 향해 손을 흔들었다. 고개를 숙일 뻔한 리타의 귓가에서 알버트가 속삭였다.

"옷을 입은 감자들이라고 생각해."

'……감자라니…….'

그건 너무 심한 표현 아닌가? 알버트를 보고 얼굴을 붉히는 여자들은 설마 알버트가 자신들을 이런 식으로 생각할 줄은 꿈에도 모를 것이다.

뭐라고 한마디 하고 싶었지만, 오늘 같은 공식적인 자리에 참가할 때는 스케치북을 가져가지 말라는 지시가 있었기에 리타는 빈손이었다. 잠자코 알버트 옆에 있을 수밖에 없었다.

부두 바로 앞에는 로프가 쳐져 있었고, 그 앞에는 울퉁불퉁한 콘크리트를 덮듯이 레드 카펫이 깔려 있었다. 의자를 쭉 놓은 귀빈석이 설치되어 있어 일반 관람객과는 여기서 자리가 구분된다.

배를 올려놓은 선대(船臺)는 부두에 딱 붙게 설치되 바로 앞에서 볼 수 있는 대형선은 선미를 아래로 기울인 형태로 고정되어 있었다. 가장 잘 보이는 곳은 이 귀빈석이지만, 떨어진 선착장이나 포구에도 구경꾼들이 있는 것이 보였다.

"알버트 님, 와주셔서 감사합니다."

키가 크고 콧수염을 기른 신사가 반갑게 맞이해주었다.

그가 밀레나의 부친 마르티니 씨였다. 옆에는 빨간 드레스를 곱게 차려입은 밀레나가 알버트의 심기를 살피듯이 눈을 살짝 위로 뜬 채 서 있었다.

"오늘은 초대해줘서 고맙네. 밀레나. 그 드레스, 참 잘 어울리는걸?"

"가, 감사합니다, 알버트 님……. 리타 씨도 정말 근사하세요."

밀레나의 부자연스러운 태도를 본 부친 마르티니는 호들갑스럽게 웃어 보였다.

"죄송합니다. 마침내 알버트 님께서 결혼 상대를 정하셨다는 얘기를 듣고 저희 딸이 얼마나 낙담했는지 모릅니다. 저도 딸한테서 듣고 많이 놀랐습니다만……, 거 참, 오로

아가씨를 찾아오시다니, 카르디아 섬 주민으로서 참 자랑스럽습니다. 약혼 축하드립니다."

"고맙네. 밀레나 양이라면 분명히 결혼하고 싶다는 남자가 줄을 설 거야."

"하하. 아니, 글쎄요. 선을 보라고 권하고 있긴 한데 말이죠……."

복잡한 표정을 지은 밀레나의 옆에서 마르티니가 말을 꺼냈다.

"그런데. 혹시 괜찮으시다면 약혼자 분께서 세리머니를 도와주실 수 있을까요? 오로 아가씨께 진수선 절단을 꼭 부탁드리고 싶습니다만."

"진수선 절단은 밀레나 양의 역할이 아닌가?"

알버트는 밀레나에게 시선을 옮겼다.

밀레나가 무슨 말을 하기 전에 마르티니가 그녀의 어깨를 두드렸다.

"저희 딸은 몇 번이나 했으니까 괜찮습니다! 군중들에게도 약혼자 분을 선보이는 김에 어떠십니까?"

"그래? 그러게. 어려운 일은 아니니까 리타에게 맡길까?"

리타는 무슨 얘기인지 이해가 되지 않았지만, 그것을 밀레나가 별로 탐탁지 않게 여기고 있다는 것은 알 수 있었다.

'괜찮을까……?'

밀레나의 기분이 좋지 않다는 것을 알버트도, 마르티니도 이미 눈치챘을 것이다.

하지만 두 사람은 '섬 사람들도 오로가 하는 걸 더 기뻐한다'면서 밀레나의 의견도 묻지 않고 정해버리더니 밀레나를 두고 배로 안내했다.

거대한 여객선은 몇 개나 되는 두꺼운 로프와 쇠쇠로 복잡하게 고정되어 있었으며, 이를 순서대로 풀고 모든 로프를 끊으면 바다로 이어지는 판이 미끄러져 떨어지는 구조라고 한다.

팽팽하게 쳐진 다른 로프에는 샴페인 병이 매달려 있어 이것을 잘라 내면 진자의 원리로 선체에 부딪친다. 바다에 바치는 공물로 이렇게 술병을 깨서 보내는 것이 출항을 축하하는 관례인 듯했다.

리타가 맡은 것은 이 샴페인이 달린 로프를 자르는 일로, 누구나 쉽게 자를 수 있는 가느다란 로프였다.

'신호에 맞춰 로프를 자르기만 하는 것이라면 할 수 있을 것 같아.'

확실히 어렵진 않다.

할 수 있다고 고개를 끄덕이자, 마르티니는 안도한 표정을 지었다.

"다행입니다. 황금색 눈동자를 가진 분께서 출항을 축하해 주시다니, 행사 분위기도 많이 고조될 것 같습니다."

마르티니와 인사를 나눈 후, 리타가 나갈 차례가 올 때까지 알버트와 함께 자리로 돌아왔다. 밀레나의 모습은 어딘가로 사라져 있었다.

귀빈석에는 선박 회사 사람들, 알버트와 같은 출자자, 관계자가 나란히 앉아 있었고, 많은 사람들이 악수를 하기 위해 말을 걸어왔다.

인사는 대부분 똑같은 말의 반복이었다.

알버트가 리타를 약혼자라고 소개하면 상대는 깜짝 놀라고, 이어서 리타의 눈동자를 격찬했다.

리타는 말없이 미소를 짓고 있기만 했고, 옆에 있는 알버트가 두 사람이 어떻게 만났는지 적당히 얘기했다.

네잘리에에서 잡혀 있던 리타를 알버트가 구해주고 사랑에 빠졌다. 알버트의 의도대로 상대는 황금색 눈동자 때문에 왠지 멋진 이야기처럼 받아들인다. 돈이 오가거나 피비린내 나는 총격전이 있었다는 얘기는 입 밖에 아예 내지 않았다.

알버트가 무사히 구해줘서 다행이라며 부인들이 자신을 향해 미소를 지을 때마다 얼굴이 살짝 경직되었다. 카르디아 섬에 있는 사람들에게 로렌티가는 명예를 중시하며, 존경하고 경외해야 할 존재이자, 반대로 네잘리에에 있는 갱단은 혐오의 대상이라는 인식이 있는 것 같았다.

많은 사람들은 축하의 말을 해주었지만, 모든 사람들이 리타를 선뜻 받아들여준 것은 아니었다.

"꽤나 갑작스럽군요."

인사가 일단락된 타이밍에 말을 걸어온 연로한 남성은 사람을 평가하는 듯한 눈으로 리타를 보았다. 덩치는 작지만, 안광이 날카로운 신사였다.

알버트는 두 팔을 벌려 친한 상대를 맞이하듯이 그를 응대했다.

"사랑에 빠지는 건 한순간이잖아, 포르비에. 당신도 축하해줄 거라 생각했는데 말이야."

알버트가 뺀질뺀질하게 대답해도 남자의 표정에는 아무런 변화가 없었다. 그러더니 중절모를 벗은 다음, 당당한 태도로 알버트와 대치했다.

"아무리 오로라곤 해도 뒷배가 없는 아가씨가 알버트 님의 도움이 될 수 있기나 할까요?"

"에이, 무슨 말을. 리타는 충분히 내 힘이 되어주고 있어. 저택에 돌아가면 사랑하는 사람이 날 기다리고 있어주는 것만으로도 버팀목이 되는걸."

사랑? 버팀목……? 그런 생각은 눈곱만큼도 하지 않는

주제에.

리타는 시치미를 뚝 뗀 얼굴로 생각도 안 해본 말을 막힘없이 할 수 있는 알버트에게 어이없음을 넘어 감탄해버렸다.

"열정적인 분이시군요. 젊었을 때의 페르난도 님을 꼭 닮으셨습니다. ……그분도 어느 날 갑자기 리비아 님을 데리고 돌아오셨죠.

"……돌아가신 아버지와 닮았다는 말을 듣는 날이 오다니, 영광이군."

알버트는 더 활짝 미소를 지었지만, 눈은 웃고 있지 않았다.

포르비에라고 불린 남자 또한 호의적인 의미로 알버트의 부친 이름을 꺼낸 것은 아닌 것 같았다. 차가운 눈으로 리타를 한 번 힐끗 본 후, 알버트 쪽으로 시선을 돌렸다.

"저는 리비아 님과의 사이를 반대했습니다. 그분은 로렌티가의 안주인 자리에 걸맞지 않은 분이셨죠. 당신도 그것 때문에 꽤나 불쾌한 일들을 겪으셨으니 정체 모를 여자를 집안에 들이는 데에 거부감이 없진 않으실 텐데요."

정체 모를 여자, 라는 말을 듣고 가슴이 뜨끔했다. 게다가 불쾌한 일이 대체 뭘까?

'이 사람은 내가 마음에 안 드는 걸까……?'

알버트는 남자의 말을 코웃음으로 받아쳤다.
"포르비에. 언제부터 로렌티가가 그렇게 고상한 집안이 됐지? 우린 마피아야. 원하는 건 손에 넣는다. 아버지도 그랬잖아. ……그리고 리타는 어머니와는 달라."
말을 끊은 알버트는 리타의 손을 잡았다.
약혼 반지가 끼워진 손에 알버트가 살포시 입을 맞춰도 리타는 얌전히 있었다.
"리타는 믿을 수 있는 사람이야. 똑똑하고, 정숙하고, 비밀을 지킬 수 있는 여자이지."
"……모쪼록 그런 분이었으면 좋겠군요."
표면상으로는 상냥하게 응대하고 있었지만, 알버트의 목소리는 화를 머금고 있었다.
포르비에가 리타를 좋게 보지 않기 때문이 아니라, 알버트의 부모님을 들먹이는 것을 알버트가 원치 않기 때문인 것 같았다.
리타도 로렌티가에 머물게 된 이후로 줄곧 이상하게 생각했다.
부친은 돌아가셨다고 들었지만, 알버트의 모친은 대체 어디서 어떻게 지내고 있는 걸까? 저택에서 본 적은 없었다. 다른 친족이 어디에 있는지도 잘 모른다.
'……물어보면 알려줄지도 모르지만…….'

왠지 모르게 알버트에게선 '가족'의 냄새가 거의 나지 않았다. 무조건적으로 사랑과 귀여움을 받으며 자란 것처럼 보이진 않았다.

포르비에와 대치하는 알버트의 어깨가…… 고독해 보인 나머지 리타는 저도 모르게 앞으로 걸어 나갔다.

"왜 그러시죠?"

의아해하는 노인을 앞에 두고 등을 쭉 편 다음 몸을 숙여 인사를 했다.

노파에게 혹독하게 훈련받은 숙녀의 인사였다. 보고 흉내 낸다고 할 수 있는 것이 아니었다.

그리고 고개를 들어 당당하게 미소를 지어 보였다.

알버트가 고른 상대는 나다. 마치 '나에게 불만이 있는 것이냐?'라고 말하는 것처럼 마피아의 아내다운 대담한 미소를 지었다.

갑자기 앞으로 나온 소녀를 보며 프르비에는 놀라움을 감추지 못했고, 리타 또한 자신의 행동이 놀라울 따름이었다.

'왜, 왜 난 이런 짓을 한 거지?'

마치 알버트를 감싸고 있는 듯한 행동이었다. 땀이 등줄기를 타고 흘렀다.

'그야 알버트가 홀로 싸우고 있는 것처럼 보였는걸.'

처세술에 능한 알버트는 리타보다 훨씬 어른스럽게 보였

지만 마르다로부터 그는 아직 스물한 살이라고 들었다. 그 어린 나이에 짊어진 중책과 고독을 엿본 것 같아 주변에서 원하는 모습을 연기하는 알버트를 도와주고 싶다는 생각이 들고 말았다. 알버트가 원하는 모습을 연기해주고자 몸이 멋대로 움직여버렸다.

'쓸데없는 짓이었나? 무슨 짓을 하는 거냐고 생각할까?'

리타는 자신이 취한 영문 모를 행동에 혼란스러워했다.

굳어버린 리타에게 알버트의 한숨 소리가 들려왔다.

그러더니 킥킥 소리 내어 웃으며 리타의 몸을 살짝 끌어안았다.

"……있잖아, 포르비에. 당신의 빈정거림으로부터 날 지켜주려 하는 모습이 참 기특하지 않아? 로렌티가에겐 최고의 신부라고."

알버트의 목소리가 부드러운 그것으로 돌아와 있었다.

포르비에를 향한 공격적인 태도는 순식간에 자취를 감추었고, 알버트는 약혼자를 자랑하는 듯한 달콤한 시선으로 리타를 바라보았다. 리타는 동요를 얼굴에 드러내지 않고자 안간힘을 썼다.

포르비에의 입장에서 보면 애처럼 어린 리타가 마피아의 아내답게 행동하고자 열심히 발버둥이 치는 것으로밖에 보이지 않을 것이다.

'창피해. 바보 같아. 알버트의 입장에서 보면 그저 이름뿐인 아내인데, 난 왜 이렇게 애를 쓰고 있는 걸까……?'

하지만 포르비에는 그런 리타의 태도에 만족한 것 같았다.

"그런 것 같군요. 정체를 모르는 상대라는 둥, 실례되는 말을 해서 죄송합니다. 당신의 담력을 보니 앞으로의 모습이 기대되는군요. 부디 알버트 님의 버팀목이 되어주십시오."

포르비에는 방금 전까지 보이던 가시 돋친 태도와는 정반대의 태도로 리타와 알버트를 향해 머리를 숙였다.

"나야말로 아무 상의도 없이 멋대로 결혼을 진행해서 미안해. 옛날부터 로렌티가를 위해 온 당신을 절대 업신여겨서 그런 게 아니야."

알버트가 사과하자, 포르비에는 더 이상 자신이 참견하는 건 추하다는 듯이 모자를 쓰고 자리를 떠났다.

리타의 머리 위에서 웃음소리가 들려왔다.

포르비에의 뒷모습을 보면서 알버트가 어깨를 들썩이며 웃고 있었다.

"후후. 저 할아버지, 의외로 너처럼 당당하고 씩씩한 타입에 약한 것 같아. 날 위해 열심히 나서줘서 기뻐, 리타."

"……저 사람이 가자마자 능글맞은 태도로 변한 것 봐……'

고독한 사람일지도 모른다고 동정했던 마음을 돌려받고 싶을 정도였다.

자신의 행동을 후회한 리타의 귓가에서 알버트의 작은 중얼거림이 들렸다.

"고마워."

눈은 맞추지 않은 알버트의 얼굴이 역시 어딘가 쓸쓸해 보였다.

'비겁해. ……그런 쓸쓸해 보이는 얼굴.'

사실은 약한 부분도 있는 사람이고, 나쁜 사람인 척하는 건 연기가 아닐까 믿고 싶어졌다.

가족과 마음대로 지내지 못해 느끼는 쓸쓸함은 리타도 알고 있다.

……아니면 나약한 태도는 리타의 동정을 얻기 위해?

어느 쪽이 진짜 알버트인지 몰라 리타의 마음은 의심과 믿음 사이에서 흔들렸다.

식전 인사말이 끝나고, 진수식이 시작되었다.

인사와 축사가 막힘 없이 진행되었고, 마침내 배를 바다에 띄우는 순서가 되었다. 리타도 소개를 받고 사람들 앞에서 고개를 꾸벅 숙였다.

그리고 그대로 귀빈석을 빠져나와 선박 회사 임원의 에스코트를 받으며 로프를 끊기 위해 발판 쪽으로 이동했다. 배의 로프를 끊는 선원들은 이미 각자 위치에서 대기하고 있었다.

"이걸 쓰세요."

남자들에게는 작은 은색 도끼가, 리타에게는 단검이 주어졌다. 이날을 위해 준비된 도끼와 단검은 둘 다 반짝반짝 빛났고, 손으로 잡는 부분에 빨간 리본이 감겨 있었다.

마이크를 든 사회자의 목소리에 맞춰 귀빈석과 뒤쪽에서 지켜보던 섬 주민들이 구호를 외쳤다. 신호를 주기 위한 피리가 울리자, 선원들이 도끼를 휘둘렀다.

로프는 순서대로 끊어져 갔다.

리타도 신호에 맞춰 단검을 휘둘렀다. 단검은 생각보다 훨씬 쉽게 로프를 뚝 잘라 냈다. 단검을 쥐고 있던 리타는 절로 소름이 돋았다.

샴페인 병이 힘차게 선체에 부딪쳐 깨지는 소리가 났다.

배는 선미 쪽에서 물보라를 일으키며 바다로 촤르르 미끄러졌고, 형형색색의 색종이가 파란 하늘을 춤추었다.

팡파르가 드높이 울리자, 관람객들의 환호성이 와아아 울려 퍼졌다.

'다행이다. 무사히 끝났어…….'

병이 깨지지 않으면 재수가 없다는 이야기를 들었기에 역할을 무사히 마쳐 안도했다. 설치된 단상에서는 알버트가 축사를 하는 중이었다. 그는 재치 있고 유쾌한 토크로 분위기를 띄우고 있었다.

이제 눈에 띄지 않는 위치에서 얌전히 있자.

그렇게 생각한 리타에게, 일반객과 귀빈석을 나누는 로프 건너편에서 밀레나가 말을 걸어왔다.

"……리타 씨. 저희 회사의 중역이 인사를 드리고 싶은가 봐요."

'인사? 나한테?'

"이쪽이에요. 저를 따라오세요."

그 말을 남기고 밀레나는 후다닥 걷기 시작했다.

'알버트에게 말하고 가는 편이 좋겠지? ……하지만…….'

그는 단상에 있는 데다, 밀레나는 리타를 두고 가버렸다.

리타는 어쩔 수 없이 밀레나의 뒤를 쫓아갔다. 새빨간 드레스를 입은 소녀는 리타가 따라오는 것을 보자, 가설 창고 뒤쪽으로 향했다.

인기척이 없는 곳으로 데려간 시점에서 불길한 예감이 들었다. 예상대로 그곳에는 회사 중역 따윈 없었다.

밀레나가 날카로운 시선으로 돌아보았다.

"……우쭐해하지 마."

그러더니 사나운 눈으로 부릅 노려보았다.

"당신은 알버트 님과 어울리지 않아. 아무 말도 못하고 서 있기만 하는 주제에. 다 오로라는 이유만으로 잘해주는 것뿐이라고!"

'그건 이 섬에 있기 때문에 그렇게 보이는 거야.'

리타가 살던 벽촌에서는 다들 그저 기이한 눈으로 리타를 보았다.

밀레나가 생각하는 것처럼 편안한 삶을 누린 적 따윈 한 번도 없었다.

"난 줄곧 노력해 왔단 말이야. 어렸을 때부터 쭉 알버트 님에게 사랑받는 여자가 되고 싶었는데! 당신은 알버트 님을 좋아하는 것처럼 보이지 않아. 그분을 좋아하지 않는다면 약혼을 파기하고 물러나! 오로니까 받아줄 사람은 얼마든지 있을 것 아니야!"

난데없이 섬에 나타나 주위에서 오로라고 선망받고 사랑받는 리타가 마음에 들지 않는 그 마음은 이해되지만, 리타가 약혼자의 자리에서 물러나봤자 알버트가 알버트가 밀레나를 애인으로 삼을 것 같진 않았다.

'그야 알버트가 원하는 건 인형 같은 상대인걸.'

리타가 자기 주장을 하기 시작하면 틀림없이 질색할 것이다.

'이런 식으로 트집을 잡혀도 난 아무 말도 받아칠 수 없어. 게다가 내가 잠자코 있으면 문제가 커지지도 않을 테고…….'

자신은 아무 짓도 하지 않았는데 상대가 격한 어조로 자신을 나무라는 상황에는 익숙했다.

그리고 결국 상대는 무슨 말을 해도 반론하지 못하는 리타에게 질려 가버린다. 잠자코 있으면 조만간 밀레나도 만족할 것이다. 리타는 습관적으로 고개를 숙이려 했다. 하지만,

– 얼굴을 들어. 고개 숙이지 마.

알버트가 몇 번이나 했던 말이 스치자, 숙이려던 얼굴이 그대로 멈췄다.

당당하게 있으라고 했기 때문에 리타는 아까 전에도 포르비에를 상대로 도망치지 않았다. '고맙다'고 말하던 알버트를 떠올리고는, 조금은 도움이 됐을지도 모른다는 생각이 든 것이다. 저항하지 않고 살아온 리타는 그 순간, 아주 조금 용기를 냈다.

'잠자코 땅만 보고 있지 말자. 내가 할 수 있는 일이 뭔가 더 있을지도 몰라.'

밀레나의 비취색 눈동자와 시선이 부딪쳤다. 얼빠진 눈으로 아래를 보던 리타의 눈에 힘이 깃든 것을 보고는, 밀레나가 말을 더듬었다.

"뭐, 뭐야, 그 눈은……?"

하지만 밀레나는 깜짝 놀란 듯이 입을 다물었다.

사람 목소리와 발소리가 들려왔다.

창고에 볼일이 있는 건지, 선원 차림을 한 남자들이 이쪽으로 다가왔다.

이상한 소문이 나면 큰일이라고 생각했는지, 아니면 로렌티가가 리타를 찾으러 오면 곤란하다고 생각했는지. 본인이 할 말은 다 한 밀레나가 인기척을 느끼고는 내뱉듯이 말했다.

"이, 이제 됐어!"

그리고 잰걸음으로 자리를 떠나려 했다.

등을 보인 밀레나를 향해 선원 중 한 명이 재빨리 움직였다. 그리고 등 뒤에서 껴안듯이 밀레나의 몸을 붙잡았다.

"움직이지 마."

두꺼운 팔을 목에 감아 밀레나의 입을 틀어막았다. 그녀는 눈을 휘둥그렇게 떴다.

놀란 리타도 뒤에서 접근한 다른 선원에게 목을 꽉 죄듯이 몸을 붙들렸다.

'뭐지……?!'

바둥거리며 날뛰어봤지만, 꿈쩍도 하지 않았다.

그들은 창고에 짐을 찾으러 온 선원이 아니었다.

엔진 소리와 함께 지저분하고 오래된 고급 세단이 그들 앞에 멈췄다. 운전석에 있는 사람은 질이 안 좋아 보이는 남자였다. 선원으로 위장한 남자들이 언성을 높였다.

"타! 빨리!"

'아파!'

밀레나와 리타는 뒷좌석에 밀어 넣어졌다.

여자 둘을 가운데에 두고 양문으로 남자들이 탔다. 마른 남자들이었지만, 네 명이 앉으니 뒷좌석이 꽉 차서 리타와 밀레나는 꼼짝도 할 수 없었다.

차는 곧바로 발진하더니 속도를 높여 항구를 탈출했다. 추진력이 가해져 등을 좌석 등받이에 세게 부딪쳤다.

"꺄악! 뭐야! 당신들!"

밀레나가 소리를 질렀다.

"이, 이런 짓을 하고도 무사할 것 같아? 이건 유괴잖아!"

"거참 더럽게 시끄럽네."

조수석에 있던 남자가 겁을 주듯이 이쪽을 노려보았다.

"이 여자도 필요해? 목적은 오로 하나잖아?"

주머니에서 총을 꺼낸 것을 본 밀레나는 굳어버렸다. 리타도 얼어붙었다.

"히익……."

"……얼굴은 반반하니까 비싸게 팔릴 것 같아서 데려왔어. 소란 피울 것 같으면 그냥 버려."

옆에 앉아 있는 남자가 목덜미를 잡자, 밀레나는 또다시 비명을 질렀다.

"시……싫어! 살려줘! 죽이지 말아줘!"

움직이고 있는 차에서 던져질 줄 알았는지, 밀레나는 울음을 터뜨리더니 몸을 벌벌 떨면서 움츠러들었다.

리타도 몸을 떨었다.

암시장에 끌려갔을 때도 납치됐다. ……또 이런 일이. 또 납치당해서 이번엔 어디로 끌려갈까? 하지만 저번과 다른 점은 리타가 납치당했다는 사실을 알아줄 사람이 있다는 것. 알버트는 리타가 없어진 것을 이미 눈치챘을 것이다. 하지만…….

'눈치챘다 하더라도 구해주러 올까?'

밀레나에게 취한 차가운 태도.

웃고 있는데도 무슨 생각을 하는지 알 수 없는 눈동자.

아무것도 안 해도 된다며 저택에 가둬 놓고, 잠자코 옆에 있으라고 명령했던 알버트. 만약 리타가 그 명령을 거역한다면? 리타가 알버트의 이익을 위해 움직이고 있을 때는 괜찮을지도 모른다. 하지만 리타를 필요 없다고 판단하면? 그때 리타는 어떻게 될까?

어? 죽었어? 그럼 어쩔 수 없지. ……그런 식으로 자신을 내치는 건 아닐까? 알버트의 기분 하나로 언제든지 버려지는 건 아닐지 두려워졌다.

차는 속도를 올려 큰길을 빠져나갔다.

오늘은 진수식이 있어서 사람들은 거의 항구에 나가 있었다. 남자들은 빈 도로를 보곤 운이 좋다고 생각한 것 같았다.

인기척이 없는 거리. 교외로 향할수록 오가는 차가 없어졌다.

밖에 나간 적이 없는 리타조차 이상하게 느껴졌다. 거리가 **부자연스러울 정도로** 너무 조용했다.

'함정이야.'

리타가 그렇게 생각한 것과 동시에 차가 오른쪽으로 급하게 틀었다.

몸이 세차게 기울자, 리타의 옆에 있는 남자가 욕을 했다.

"아이씨, 위험하잖아!"

"왔어!"

운전사가 날카로운 목소리로 외쳤다.

백미러 너머로 까만 차 몇 대가 맹렬하게 추격해 오는 것이 보였다.

'로렌티가……!'

"제길! 생각보다 빨리 왔군!"

"따돌려! 다른 차도 없으니까! 속도를 올려!"

좁은 길은 지나갈 수 없다. 세레노의 지리에 밝지 않은 듯한 남자들은 자연스럽게 큰 길을 달리게 되었다. 앞유리

맞은편에 보이는 사거리에는 까만 차들이 진을 치고 있었다. 물론 뒤에서도 쫓아오고 있었다.

"잠복 중이었군, 제길!"

"우리 차엔 인질이 타고 있다고! 설마 쏘겠어? 그대로 돌진해!"

밖에서 총을 들고 있는 조직원들을 치어 숙이기라도 할 기세로 운전사가 액셀을 세게 밟았다.

하지만 남자들의 계획과는 달리, 로렌티가 측에서는 리타와 밀레나가 타고 있음에도 불구하고 차를 향해 발포했다.

차 앞쪽에 총알이 닿는 소리. 사이드미러가 꺾이자, 밀레나가 비명을 질렀다. 리타는 밀레나와 함께 머리를 싸쥐고 자세를 낮추었다.

속도를 내며 달리던 차는 콰앙 뛰어오르더니, 부자연스럽게 왼쪽으로 기운 상태로 정지했다. 총알이 타이어에 맞아 펑크가 난 것이다. 짜증이 폭발한 운전수가 핸들을 쳤다.

"제길!"

리타의 옆에 앉아 있던 남자는 리타의 팔을 세게 잡아당겼다.

"이리 나와!"

'아파! 이거 놔……!'

하지만 저항해봤자 아무 소용없었다. 리타의 몸은 차에

서 쉽게 떨어졌다.

남자는 차 밖으로 끌려 나온 리타의 관자놀이에 총구를 겨누었다.

"오지 마! 오면 이 여자를 죽이겠다!"

리타가 인질로 잡힌 순간, 로렌티가 측의 움직임이 멈췄다.

로렌티가의 움직임을 제지해봤자 남자들에게는 도망칠 곳이 없었다. 로렌티가 사람들이 차를 포위하고 있는 데다, 수적으로도 압도적으로 불리했다.

뚜벅. 가죽 구두 소리가 울렸다.

알버트의 구두 소리임을 바로 알 수 있었다. 번쩍번쩍 윤이 날 정도로 잘 닦인 그 검은 가죽 구두가 천천히 걸어오는 소리.

조직원들 사이에서 총구를 이쪽으로 똑바로 겨눈 알버트가 나타났다.

"그녀를 놔줘."

큰 목소리를 낸 것도 아닌데, 알버트의 목소리는 쩌렁쩌렁 울려 퍼졌다.

"그, 그 이상 가까이 오면 이 여자를 죽여버릴 줄 알아!"

남자는 날카로운 목소리로 알버트를 협박했다.

그러나 안타깝게도 전혀 협박이 되지 않았다.

알버트는 안색 하나 변하지 않고 한 발짝씩 거리를 좁혔다.

"누구의 명령으로 움직이고 있는 거지?"

"……오지 말라고 했잖아!"

"누구의 명령이지? 말해. 그녀를 놔주면 눈감아주겠다."

"윽……."

리타를 끌어안은 팔에 힘이 꽉 들어갔다.

'으윽, 숨 막, 혀…….'

남자가 조르고 있는 목도, 총구를 가져다 댄 관자놀이도 아팠다.

알버트는 괴로워하는 리타를 봐도 태연했다. 남자가 상상했던 "그녀를 놔줘!"라며 곧바로 손들고 항복하는 전개는 없었다.

……당연하다. 알버트는 리타를 좋아하지 않으니까.

초조함이란 찾아볼 수 없는, 리타의 목숨 따윈 아무래도 상관없다는 얼굴로 남자에게 압박을 가하고 있었다. 그렇게 저항해봤자 아무런 소용도 없다고 남자를 비웃듯이.

"그녀를 죽여봤자 아무 의미 없다."

"시, 시끄러워!"

"너희는 돈으로 고용됐을 뿐이잖아. 내 지시에 따르면 죽이진 않겠다. 너희는 이미 도망칠 곳이 없어."

"……윽."

"……이런 지시를 내린 건 제논 일당이지?"

전부 알고 있다는 듯한 목소리를 듣자, 남자는 체념한 듯이 입을 열었다.

"……그래. 오로를 살 사람이 따로 있었으니까 되찾아오라고 하더군……."

"살 사람이 따로 있었다고?"

"그게 누구인지까진 우리에게도 알려주지 않았어. 간부와 그 사람이 친한 사이라는 것 말고는……. ……여, 여자를 풀어주면 정말로 그냥 보내줄 거야? 우린 정말 돈으로 고용됐을 뿐이야!"

"그럼, 물론이지. 죽이지 않겠다고 약속하마. ……냉큼 이 섬에서 나가준다면 그걸로 충분해."

자, 얼른. 그렇게 재촉하는 것과 동시에 알버트는 들고 있던 총을 내렸다. 보스 본인이 적의는 없다는 속내를 비추자, 리타를 붙잡고 있던 남자에게 망설임이 생겨났다.

고민하던 남자는 리타에게 겨누고 있던 총을 거두었다.

"리타."

알버트는 멍하니 서 있던 리타의 이름을 조용히 불렀다.

그것만으로도 숨이 막힐 것 같았다. 리타는 마치 뱀이 노려보는 듯한 그런 감각에 사로잡혔다. 알버트의 기분 하나로 자신의 목숨 따윈 처참하게 뭉개질 것 같은 느낌이 들었다.

"이리 와."

이미 밀레나는 차에서 탈출한 상태였다. 울면서 쏜살같이 로렌티가 측으로 도망가 있었다.

리타는 순순히 알버트의 곁으로 갈 수 없었다.

'왜……, 왜 이렇게 불안하지……?'

리타가 망설이면서도 알버트를 향해 발을 내딛은 순간, 피가 뿜어졌다.

리타를 붙잡고 있던 남자가 총알에 맞아 뒤로 쓰러진 채 배에서 피를 철철 흘리고 있었다.

'!'

총을 쏜 사람은 알버트였다.

차 안에 있던 남자들도 제대로 저항하지 못하고 그들을 포위하고 있던 로렌티가 측의 총알 세례를 받았다.

총성과 비명, 피비린내. 밀레나의 비명이 들려왔다. 리타의 발밑에 생긴 피 웅덩이가 커져 갔다.

무서워서 돌아볼 수조차 없었다. 우뚝 서 있던 리타의 팔다리에서 핏기가 가시면서 그 자리에 쓰러질 뻔했다.

'죽이지 않겠다고 했으면서.'

"……살려 둘 리가 없잖아."

죽이지 않겠다고 약속한 입으로 알버트는 쉽게 배신해버렸다.

알버트는 담담한 말투로 들고 있던 총의 안전장치를 잠근 다음, 주머니에 다시 넣었다.

물 흐르듯이 익숙한 동작이었다. 그리고 생긋 미소를 짓는가 싶더니, 평소 알버트의 모습이 완성되었다.

알버트는 밝은 표정을 짓더니 리타에게 다가왔다.

그러더니 두 팔을 벌려 리타의 얇은 몸을 꼭 껴안았다.

"무사해서 다행이다. 걱정했어."

'이, 입만 열면 다 거짓말이야!'

리타는 알버트를 밀쳤다.

무사해서 다행이다? 정말로 그렇게 생각하는 거야?

'……차가 몇 대나 로렌티가에서 나와 있어. 앞질러 나와서 세레노에서 나가지 못하게 막은 거야. 오늘 제논 일당이 덮칠 것을 미리 알고 있었던 것처럼.'

리타를 진수식 날까지 밖으로 내보내지 않은 것도.

항구에 사람이 모여 있어서 거리에 사람이 없었던 것도.

'전부 알버트의 계획대로 된 거 아니야?'

진수식에 나온 리타가 또다시 저택에 갇히기 전에 남자들이 움직일 것이라 예상하고. 항구에서 나오는 모습을 보고도 일부러 못 본 척했다고밖에 생각되지 않았다.

남자들을 잘 유인해 거리 외곽에서 처리하기 위해.

알버트는 어린애를 설득하는 듯한 목소리를 냈다.

"……리타, 넌 표적이 되기 쉬운 존재야. 이런 식으로 열렬하게 쫓아오는 녀석들도 있는 것 같고 말이지."

'그래서? 그래서 죽였어?'

주먹을 꽉 쥔 채 떨리는 손을 알버트는 아무 감정 없이 쳐다보았다.

"……죽이지 않으면 제논 일당에 대한 견제가 되지 않거든. 그냥 보내주면 또 다른 놈을 보낼지도 몰라. 그놈들이 이 섬을 헤집어 놓으면 곤란해. 그러니까 죽이는 거야."

리타에게 하는 설명 같으면서도 변명 같은 말이었다.

리타는 죽이지 말라는 말을 할 수 있는 처지가 아니었다.

하지만 구해줘서 고맙다는 말 또한 할 수 없었다.

"밖은 위험해. 하지만 저택에 있으면 안전해. 앞으로도 우리가 지켜줄게."

이대로 고개를 끄덕이면 리타는 새장 속의 새가 된다. 방에 자물쇠를 달아 놓지 않아도, 창문에 철창살 같은 게 없어도 알버트는 리타를 저택에 가둬 놓을 수가 있다. 알버트는 리타가 자발적으로 밖에 나가지 않기를 바라고 있다.

사랑도, 의지도 필요 없다. 곁에 있는 여자는 누구든 상관없다. 리타가 사라지면 또 새로운 누군가를 아내의 자리에 앉힐 뿐.

그는 얌전하고, 순종적이고, 인형 같은 상대를 원한다.

'그리고 지킨다고 말한 그 입으로 나도…….'

……필요 없어지면 죽이겠지.

– 그래도 괜찮아?

싹튼 자아가 리타의 마음에 질문을 던졌다.

잠자코 하라는 대로 하다가 만약 죽임을 당해도 어쩔 수 없다고 감정을 배제한 채 살 수 있어?

'……그렇게 살고 싶지 않아. 난 역시 그렇게 사는 건 싫어……!'

"자, 돌아가자."

리타는 자신을 향해 뻗어 온 알버트의 손을 뿌리쳤다.

'난 당신의 뜻대로 되고 싶지 않아!'

철썩! 메마른 소리에 조직원들의 시선이 집중되는 것을 느꼈지만, 그런 건 신경 쓰이지 않았다.

리타는 알버트의 뺨을 때린 손을 내렸다.

……잠자코 하라는 대로만 해선 안 돼.

자신의 머리로 생각하고 움직이지 않으면 눈 깜짝할 사이에 버림받고 죽는 수가 있다.

리타가 처음으로 보인 반항적인 태도에 알버트는 희미한 미소마저 지어 보였다. 웃고 있었다. 암시장에서 도망쳐 나온 그날 밤처럼, 재미있어하듯이 차가운 미소를 지었다.

리타는 얼얼하게 저려 오는 손을 꽉 쥐며 알버트를 정면에서 노려보았다.

그렇게라도 하지 않으면 무섭고 떨려서 당장이라도 도망쳐버릴 것 같았으니까.

4 이곳에 있는 이유

"……이럴 수가……."

아침 신문을 꾸깃꾸깃 구겨버린 남자는 딱딱한 의자에 털썩 주저앉았다.

지면을 커다랗게 장식하고 있는 것은 화려한 카 체이스와 총격전이었다.

진수식에 나타난 무엄한 인간들이 로렌티가에 숨어 있던 오로 소녀와 마르티니가 영애를 유괴. 로렌티가에서 무사히 인질 두 명을 탈환했다는 내용이었다.

때마침 많은 주민들이 항구에 가 있었기 때문에 인명 피해는 없었다고 한다.

로렌티가를 찬양하는 내용이었다. 기사에는 그들이 세레노의 치안 유지를 위해 최선을 다하고 있다는 식으로 적혀 있었다.

"……이대로 둬선 안 돼."

기적적으로 인질 두 명은 다친 곳 하나 없이 무사하다고 적혀 있었지만, 앞으로 언제 어디서 그들의 항쟁에 휘말려 목숨을 잃을지 모른다.

구해줘야 해.

나라면 그녀를 구해줄 수 있어.

구겨버린 신문 기사를 휙 던져버린 후, 남자는 오랜 지인을 의지하기 위해 편지를 쓰기 시작했다.

꾹 닫힌 커튼 때문에 방의 공기가 탁했다. 침대에 벌러덩 누워 있던 리타는 잠이 부족해 멍한 머리로 천장을 쳐다보았다.

어제 진수식에서 그 일이 있었던 후로 리타는 하루 종일 방에 틀어박혀 있었다.

화가 욱 치밀어 올라 알버트의 따귀를 때렸지만, 알버트는 그 자리에선 리타에게 벌을 주지 않았다. 차를 타고 먼저 저택에 돌아가 있으라고 했고 리타는 얌전히 따랐다.

당신들이 있는 곳으로 돌아가고 싶지 않다는 말은 할 수 없었다.

리타에겐 달리 갈 곳이 없었다. 표적이 되기 쉬운 존재이며, 그들의 보호를 받을 수밖에 없다는 것도 잘 알고 있다.

……알고 있지만, 저택을 나갈 용기가 없는 자신에게도 화가 났고, 물건처럼 여겨지는 사실에도 상처를 받았다. 눈을 감으면 총성과 피비린내가 되살아나는 바람에 우울

한 기분으로 방에 틀어박혀 있었다.

하지만 그것도 오래가지 않았다.

'……왜 이럴 때도 사람은 배가 고플까……?'

빈속이 쿡쿡 쑤셨다.

암시장에 팔렸을 때 꼬박 이틀 동안 아무것도 먹지 않았던 것이 거짓말 같았다. 세 끼 꼬박꼬박 챙겨 먹는 데에 익숙해지는 바람에 몸이 먹을 것을 원하고 있었다.

'직접 먹으러 가지 않으면 밥을 얻어 먹을 수 없단 말이지…….'

친절하게 식사를 가져다주는 사람은 없다.

아니, 며칠만 더 방에 틀어박혀 있으면 누군가가 상태를 보러 와줄지도 모르지만, 어리광을 부리는 것 같아서 그것도 싫다.

리타는 한숨을 내쉬고는 방을 나갔다.

저녁을 먹기엔 아직 이르기에 사람이 없는 시간일 것이라 예상하고 식당으로 들어갔다.

생각보다 한산했지만, 출입구 근처 테이블에 진을 치고 있는 수 명의 남자들이 신경 쓰여 리타는 늘 활짝 열려 있는 문 옆에서 멈춰 서고 말았다.

저 사람들의 앞을 지나갈 생각을 하니 거북해……. 그런 생각을 하며 망설이고 있었더니 대화 내용이 들리고 말았다. 결국 들어갈 타이밍을 놓쳤다.

"이번 일로 반파된 가게, 사들였다면서?"

"뭐?! 그 가게, 돈을 얼마를 줘도 절대 안 나가겠다고 버티던 할아버지네 가게 아니야?"

"그래, 그래, 그 할아버지."

"우리가 일제히 총을 쏴 대서 유리도 다 깨지고, 간판도 날아갔으니까. 얼마나 무섭겠냐? 뭐, 이해는 돼."

"응, 그러게……. 챙길 거 챙기고 어디서 은거하는 편이 낫겠구나 싶었겠지."

그들 앞에 놓인 접시는 비어 있었기에 아마 식사를 끝내고 나서 잡담을 나누는 중일 것이다.

어떡하지? 엿듣는 상태가 되어버린 리타는 그 자리에서 굳어버렸다.

"알버트 님, 그것까지 계산했던 걸까?"

"글쎄……. 나, 그 사람 불편해."

'!'

알버트의 이름이 나오자 본인 얘기도 아닌데 가슴이 철렁하고 말았다.

"무슨 생각을 하는지도 잘 모르겠고. 그레고리오 님이나 베르나르도 님은 더 소탈한 분이었는데 말이야……."

"아……. 머리는 좋겠지. 근데 속으로는 남들을 우습게 여길 것 같아.”

“동감. 말 붙이기도 어렵고.”

“……야. 이런 데에서 말 함부로 하지 마. 그러다 죽어.”

“아, 어……. 미안, 미안. 얘기하다 보니 그만.”

알버트가 불편하다고 말한 남자는 “난 이만 갈게.”라고 말하더니 자리에서 일어났다.

리타는 지금 막 왔다는 얼굴로 고개를 숙인 채 식당으로 들어갔다. 리타를 보자, 다른 남자들도 재빨리 접시를 치우러 일어났다.

……마음이 뭔가 복잡하다.

‘……다들 알버트를 별로 좋아하지 않는 건가……? 그야 그렇겠지. 얼굴은 생글생글 웃고 있지만, 속은 음흉하잖아.’

알버트의 입장에서는 타인에게 다정하게 대하는 것과 이해타산은 전부 세트였다.

사람을 깔보는 듯한 오라가 나오는 탓에 부하들 사이에서도 인망이 없는 것일 테다. ‘꼴좋다’ 그런 생각을 하다가 괜히 이유 없이 슬퍼졌다.

‘딱히 마피아가 서로서로 친한 조직이라고 생각했던 건 아니지만, 로렌티 ‘패밀리’라고 말할 정도니까 서로를 더 신뢰하고 있는 줄 알았어.’

에밀리오나 마르다에게는 마음을 터놓고 있는 것처럼 보

였기 때문일까?

사람을 복종하게 만드는 데에 익숙한 태도나 주위를 쉽게 용납하지 않는 점이 조직원들이 알버트에게 거리를 두게 하는 것 같다는 생각이 들었다.

리타는 식사를 받아 아무도 없는 구석 자리에 앉았다.

몇 명이서 모여 있는 그룹, 혼자 묵묵히 식사를 하는 사람 등, 이만큼 다양한 사람들이 드나드는 저택이기 때문에 리타는 늘 사람들의 눈에 띄지 않는 이 구석 자리에 앉아 주위를 관찰했다.

'그러고 보니 알버트가 식당에서 식사하는 모습을 본 적이 없어.'

밥을 먹거나 잠을 자거나 그런 일상의 모습이 전혀 보이지 않기 때문에 인간다움 같은 것을 느끼지 못하는 걸지도 모른다…….

식사를 마친 리타에게 마르다가 말을 걸어왔다.

"어머, 리타. 이제 괜찮아?"

몸 상태는 좀 어떤지 마침 한번 보러 가려고 했는데, 라고 마르다는 밝게 말했다. 그 표정을 보니 마르다도 역시 '로렌티가'의 사람이란 생각이 들었다.

마르다는 그 자리에 없었지만, 어제 있었던 사건도 특별

할 것 없는 일상의 일부일 것이다. 싸움을 무서워하거나 피를 겁내는 듯한 낌새는 전혀 보이지 않았다.

괜찮다고 고개를 끄덕인 리타를 보더니, 마르다는 손뼉을 짝 쳤다.

"있잖아, 지금 과자를 구우려고 하는데, 리타도 도와줄래?"

'……'

"방에 틀어박혀 있어봤자 심심하잖아."

'……심심해.'

하라는 대로 하지 않겠다고 마음먹었다 한들, 방에서 한 발짝도 나가지 않으면 알버트의 의도대로 되기만 하는 것 아닐까?

《과자, 만들어본 적 없는데, 내가 도와줄 수 있어?》

"괜찮아. 간단하니까."

그 말을 들은 리타는 마르다를 도와주기로 했다.

식당 반지하에 만들어진 조리장은 조용했다. 돌벽과 이곳을 지휘하는 험상궂게 생긴 남성 때문에 마치 소설에 나오는 성 속의 지하감옥 같았다.

저녁 재료 준비까지 마쳤는지, 껍질을 벗긴 양파와 당근이 구석에 놓인 양동이에 쌓여 있었다.

"토니오. 잠깐 주방 좀 쓸게."

"응. 난 1시간 정도 밖에 갔다 올게."

험상궂게 생긴 남자가 엇갈리듯이 나갔다.

리타가 손을 씻고 있는 동안, 마르다가 커다란 볼에 달걀을 깼다. 흰자와 노른자를 분리해 흰자를 다시 두 개로 나누었다. 그중 한 개는 리타의 담당인 듯했다.

"그럼 이걸로 거품을 낼 거야."

거품기로 뿔이 생길 때까지 거품을 내면 머랭이 된다고 한다.

리타는 마르다를 흉내 내면서 요 며칠 동안 쌓인 불만을 터뜨리듯이 손을 움직였다.

'과, 과자를 만드는 데에도 체력이 필요하구나……!'

감각이 없어진 손목을 움직이면서 리타는 볼에 든 내용물을 휘저었다.

마사의 볼 안은 순식간에 하얗고 보드라운 거품이 생기기 시작한 것과 달리, 리타가 젓고 있는 흰자에는 좀처럼 거품이 생기지 않았다. 상상했던 것보다 훨씬 힘들었다.

고심하여 생긴 거품에 마르다가 체를 친 아몬드 가루와 설탕을 넣었다.

퍼석퍼석한 반죽을 열심히 섞자, 어느새 한 덩어리가 되기 시작했다. 한 입 크기로 뜯어 뭉치는 작업을 하다 보니 리타는 어느샌가 모든 것을 잊은 채 집중하고 있었다.

오븐으로 굽는 동안 조리기구를 치우고, 겨우 한숨을 돌렸다.

일을 한바탕 끝내고 지친 얼굴을 한 리타를 보며 마르다는 깔깔 웃었다.

"그래도 뭔가를 하니까 기분 전환이 좀 되지?"

확실히 기분은 조금 밝아졌다.

머리도 비우고, 마음에도 약간 여유가 생겼다.

《마르다, 뭐 하나 물어봐도 돼?》

"뭐가 궁금한데?"

《왜 마르다는 로렌티가에 있는 거야?》

남자가 압도적으로 많은 로렌티가에서 보통 주부로만 보이는 마르다는 눈에 띄었다. 그리고 조직원들도 마르다를 존경하고, 친근함을 담아 대했다. 리타는 그것이 조금 신기했다.

"아……. 그건 말이지, 우리 남편이 로렌티가의 조직원이었거든."

'남편이……?'

마르다의 남편이 이 저택에 있는 줄로만 알았던 리타는 그가 이미 세상을 떠났다는 얘기를 듣고 깜짝 놀랐다.

"남편이 죽고 실의에 빠져 있던 나를 알버트 님의 할아버지 되는 분인 그레고리오 님께서 거두어주셨어."

《그래서 마피아에 들어온 거야?》

"응. 남편이 죽고 혼자 남겨진 나는…… 그 사람이 있던 세계를 한번 보고 싶었어. 총 같은 건 잡아본 적도 없었지만, 어떤 각오로 방아쇠를 당기는지 알고 싶었던 걸지도 몰라."

어떤 각오로?

리타는 로렌티가 사람들이 총을 쏘는 이유를 이해할 수 없었다.

알버트는 이성적인 타입이다. 분노에 맡겨 방아쇠를 당기는 성격이 아니다. 쾌락살인마처럼 사람을 죽이는 것을 즐기는 것처럼 보이지도 않았다.

《무섭지 않았어? 그야,》

아무리 이유를 정당화해도 범죄자들의 동료가 된다는 것이.

마르다는 어깨를 움츠렸다.

"내 입장에선……, 사랑했던 사람이 마피아였을 뿐. 단지 그뿐이야. 그래서 이곳에 왔어. 이곳에 와서 꽤 오랜 시간을 보냈지. 총을 쓸 일은 거의 없지만, 이곳에 있는 리타와 알버트 님을 지키기 위해서라면 난 기꺼이 방아쇠를 당길 거야. 그런 마음으로 난 이곳에 있어."

답이 되었을까? 라고 물으며 마르다가 미소를 짓자, 리타는 어려운 문제라도 받은 듯한 기분이 들었다.

《마르다는 알버트를 믿을 수 있어?》

"그럼. 당연히 믿지."

마르다는 아무런 망설임 없이 그렇게 말했다.

거짓말을 하는 것처럼 보이지는 않았다. 방금 전에 알버트가 불편하다고 말하던 조직원들과는 정반대의 반응이었다.

'……난 로렌티가에 대해 거의 아무것도 몰라. 이곳에 있고 싶어서 있는 게 아니라, 팔려 왔기 때문에 그저 이곳에 살게 해줘서 살고 있을 뿐인걸.'

알버트는 리타를 믿지 않는다. 리타도 알버트에 대해 잘 모르기 때문에 이용당하고 있다는 생각이 강하게 들어버리는 걸까?

자신이 있을 곳은 자신이 스스로 만들어야 한다.

오븐에서 달콤한 냄새가 풍겨 왔다.

리타는 구운 과자를 꺼내는 마르다에게 물어보았다.

《마르다, 내가 도와줄 수 있는 일이 또 뭐 없을까? 잡일 같은 거라도 좋아. 설거지라든가, 청소라든가…….》

"있긴 하겠지만……, 일을 하고 싶다면 알버트 님의 허락이 필요해."

《어째서?》

"리타의 행동에 관한 결정권은 알버트 님이 갖고 계시니까. 우리가 멋대로 리타에게 일을 부탁할 순 없어."

그렇다는 건 이렇게 과자 만드는 걸 도와주고 있는 것도 알버트는 다 알고 있는 거야? ……행동을 파악당하고 있다고 생각하니 기분이 찝찝했지만, 그렇게 마음을 써주는 것이 또 싫지 않았기에 곤란했다.

총을 들이밀며 협박하는 게 차라리 훨씬 나았다.

그러면 알버트를 미워할 수 있을 텐데. 마음 어딘가로 그를 믿고 싶었기에, 그래서 이렇게 괴로웠다.

포르비에와의 대화나 조직원들과의 관계에서 엿볼 수 있었던 알버트의 고독도 리타가 이 저택에 남아 있는 이유였다.

마르다는 다 구워진 한 입 크기의 아마레티를 꺼낸 다음, 티세트를 준비했다. 이곳에서 그녀와 차를 마시는 줄 알았던 리타는 과자와 티세트를 담은 쟁반을 건네받곤 영문을 몰라 눈을 동그랗게 떴다.

“자, 그럼 리타. 알버트 님께 이걸 갖다 드려.”

‘뭐?’

“일하고 싶지? 그렇다면 알버트 님께 직접 마음을 솔직하게 털어놔봐.”

‘하지만…….’

“그래도 말은 해봐야지. 말하지 않으면 아무것도 시작되지 않아. 말해보고 안 되면 또 생각해보면 되지. ……리타는 자신의 마음을 꽁꽁 숨겨 두지만 말고 밖으로 드러낼 수 있어야 해."

알버트 님을 때렸을 때처럼. 그렇게 말한 마르다는 한쪽 눈을 찡긋했다.

당시 현장을 목격한 에밀리오에 의해 로렌티가 전체에 퍼졌다는 것을 리타는 그때 알았다.

알버트의 집무실 앞에서 리타는 들어갈까 말까 계속 망설였다.

결코 겁을 먹었기 때문은 아니……다.

두 손이 막혀 있기 때문에 노크를 할 수 없었던 것이다. 꼭 이럴 때만 지나가는 사람이 아무도 없고, 음식을 바닥에 놓는 것도 꺼려졌다.

발로 문을 걷어찰까 고민하고 있으려니, 옆구리에 끼고 있던 스케치북이 떨어졌다.

후두두둑, 종이가 퍼지는 소리에 방안에서 목소리가 들려왔다.

"……리타?"

인기척은 있는데 아무리 지나도 노크 소리가 나지 않는 것을 수상쩍게 여겼는지, 알버트가 문을 열어주었다. 그는 평소와 같은 상큼한 미소로 리타를 쳐다보았다.

"무슨 일이야? 아, 차를 가져와줬구나."

리타는 고개를 끄덕였다. 그리고 알버트가 문을 잡아주는 동안 방으로 들어갔다.

왠지 쟁반을 테이블에 놓자 긴장이 됐다.

처음 들어오는 알버트의 집무실은 고급감이 넘치는 앤티크 가구로 통일되어 있었다. 아마 대대로 이어받아 온 방일 것이다. 천 종류만이 파란색이 베이스인 샤프한 디자인이었다. 현재 방 주인의 취향이 반영되었다는 것을 알 수 있었다.

알버트는 스케치북을 건네며 앉으라고 권했다.

찻잔은 두 개 있었다. 리타가 이곳에서 차를 마시고 갈 거라 생각하고 있는 것이다.

알버트는 익숙한 손놀림으로 리타 몫의 홍차도 우려주었다. 슬라이스 레몬을 띄우는 것이 그야말로 카르디아 섬의 주민다웠다.

"……나랑 차 마시기 싫어?"

알버트는 미소를 짓고 있었지만, 역시 리타가 따귀를 때린 것에 화가 나 있을까……? 화가 울컥 치밀어서 때리고 말았지만, '난 하나도 잘못한 것 없다'고 적반하장으로 나갈 수 있을 정도로 리타의 마음은 강하지 않았다.

불편한 마음으로 소파에 앉아 알버트의 눈치를 살피는 듯한 태도를 취해버렸다.

굳은 표정의 리타를 본체만체하며 옆에 앉아 있는 알버트는 아무것도 모른다는 얼굴로 홍차에 입을 가져다 댔다.

《저기, 어제 때린 거 말인데.》

"아, 괜찮아. 무서워서 정신이 잠깐 혼란스러웠던 거잖아."

《아냐. 난,》

"이 아마레티, 맛있다. 리타도 먹어봐."

글을 적고 있는 중에 알버트가 가로막으며 구운 과자를 한 개 집어 리타의 입가에 가져다주었다.

"자."

할 수 없이 입을 벌렸다. 갓 구운 아마레티는 살짝 따뜻하고, 소박한 맛이 났다.

알버트는 우물우물 입을 움직이는 리타에게 추가로 과자를 먹였다.

삼키면 하나 더. 또 먹으면 하나 더.

입안이 말라 왔다. 은근히 괴롭히는 것으로밖에 생각되지 않았다.

《화났어? 화났으면 화났다고 말해. 웃으면서 깐족깐족 괴롭히는 건 싫어.》

"화 안 났다니까? 네가 사과하러 와줬잖아?"

……화났네.

얼굴은 웃고 있지만, 우러나오는 압력에 굴복할 뻔했다.

그래도 리타는 고개를 저었다.

《사과하러 온 거 아니야.》

"그럼 뭐 하러 왔어? 마피아의 밑에 있는 게 싫어서 여기서 나가게 해달라는 말이라도 하러 온 거야? 넌 본인의 입장을 알고 있는 애인 줄 알았는데."

《알고 있어. 이곳에서 나가봤자 나는 달리 있을 곳이 없다는 걸. 나, 난 일하게 해달라고 부탁하고 싶어서 온 거야!》

긴장한 나머지 글씨가 쓸리고 말았다.

그런 리타의 결의를 들은 알버트는 어리둥절해하고 있었다.

"마피아의 일을 돕고 싶어? 총도 못 쏘는 네가?"

총은커녕 리타는 이곳에 온 이후로 아무것도 하지 않고 있다.

아무것도 안 해도 된다는 알버트의 명령을 충실히 지키며 방에 틀어박혀 있었기 때문이다. 이제 와서 무슨 말을 하냐는 말을 들어도 당연했다.

《잡일이라면 얼마든지 있잖아? 청소, 빨래…….》

"청소해서 어쩌게? ……말했잖아. 난 너한테 잡일을 시킬 생각이 없다고. 그 방에서 얌전히 있어주는 것만으로도 충분해."

《방에 갇혀 있는 건 싫어. 날 구해주고, 돌봐줘서 정말

고마워. 그러니까 일하면서 은혜를 갚고 싶어!》

사치의 대가로 틀어박혀 지내는 것보다 일하면서 사람들과 교류하고 싶다.

시키는 것에 따르기만 하는 게 아니라, 자신의 눈으로 직접 로렌티가를 보고 싶었다. 알버트에 대해서도 제대로 알고, 적절한 관계를 쌓아 가고 싶다. 그것이 리타가 생각한 답이었다.

"너한테 줄 일 같은 건 없어."

깔보는 듯한 목소리였다. 낮고, 까칠하고, 사람의 감정을 건들이는 듯한 말투. 여태껏 얼마나 꾸며낸 목소리만 들어왔는지 잘 알 수 있었다.

《없으면 찾을게.》

"그런 짓을 해봤자 내 생각은 변함없어. 처음에 말했듯이 난 너를 내 아내로 삼을 거야. 이제 와서 허드렛일을 하고 싶다고 한들, 네 의견은 들을 생각 없어."

《일하려는 이유는 당신의 생각을 바꾸기 위해서가 아니야. 내가 로렌티가에 대해 더 알고 싶기 때문이야.》

아래만 보던 리타가 똑바로 쳐다보며 의견을 말하자, 알버트는 약간 놀란 것 같았다. 하지만 바보 같다는 듯이 코웃음을 쳤다.

"마음대로 해."

알버트가 차갑게 내치는 바람에 마음이 상해 그만 의욕이 꺾일 뻔했다.

하지만 여기서 꺾였다간 아무것도 변하지 않는다.

반항하지 말고 얌전히 있어라. 조용히 입 다물고 지내라. 오랜 세월에 걸쳐 몸에 배어버린 소극적인 마음가짐을 꺾어 눌렀다.

《그래, 마음대로 할게.》

식어버린 홍차를 쭉 들이켠 리타는 자신의 결심이 흔들리기 전에 알버트의 방을 나갔다.

"그래서 정말로 청소를 하고 있는 거야?"

알버트가 진저리가 난다는 듯이 말하자, 리타는 창문을 닦던 걸레를 꽉 쥐었다.

거의 자포자기 상태가 된 리타는 무서운 것 따윈 없다며 곧장 행동으로 옮겼다.

근처에 있던 조직원을 붙잡고는 '청소 도구를 빌려달라'고 부탁하자, 리타의 행동이 너무나도 갑작스러웠는지 조직원은 "청소라면 보통 말하는 그 청소 맞죠? 누군가를 없애고 와라, 시체 처리를 하게 해달라, 그런 의미의 청소는 아니죠?"라고 진지한 얼굴로 확인했다.

복도에서 창문을 닦기 시작한 리타를 오가는 조직원들이

이상한 눈으로 보고 있었다. 알버트는 꼴사나우니까 그만 하라고 주의를 주러 온 것일지도 모른다.

《당신이 마음대로 하라고 했잖아.》

"……그렇게 말하긴 했지만, 너는 참, 예상치 못한 일만 하는구나. 이렇게 생각대로 안 되는 애는 처음이야."

알버트가 한숨을 내쉬더니 몸을 움츠렸다.

"……그렇게 뭔가를 하고 싶다면 선생님이라도 불러줄게. 자수, 그림, 그런 게 훨씬 기분 전환이 되잖아?"

매력적인 제안이었지만, 리타는 고개를 내저었다.

《필요 없어. 심심풀이로 청소를 하고 있는 게 아니라, 일하고 싶어서 일하고 있는 거야.》

"……아, 그래?"

리타의 태도가 꺾이지 않자, 이번에야말로 알버트는 설득을 포기한 듯했다.

알버트는 더 이상 아무 말도 하지 않고 가버렸다. 리타도 쫓아가거나 사과하지 않고 접사다리를 옮겨 안쪽 창문을 닦았다.

'난 이름뿐인 약혼자니까 격식을 차려야 할 때만 제대로 잘 하면 알버트도 불만은 없을 거야. 어느 좋은 집안 아가씨처럼 뭘 배우기보다 일하는 편이 훨씬 좋아.'

청소는 특기였다.

올가의 집에서 살았을 때는 청소를 하거나 책을 읽는 것 말고는 하는 일이 없었다. 그 시절엔 그것 말고는 할 일이 없다는 소극적인 이유였지만, 지금은 조금 다르다.

'바깥 쪽이 많이 더러워. 내일은 다 읽은 타블로이드 신문을 받아 와서 바깥 쪽을 깨끗이 닦아보자. 물에 적셔서 닦으면 먼지가 잘 닦이니까.'

이런 곳을 청소해봤자 조직원들은 거의 눈치채지 못할 것이다. 무언가를 만들어 내는 것도 아닌, 마이너스를 0으로 돌리는 작업. 하지만 그걸로 충분하다.

리타는 알버트가 시키는 대로 방에 틀어박혀 있기보단 리타 나름대로의 방식으로 로렌티가에 관여해 나갈 생각이었다.

'있어도 없어도 똑같다고 여겨지긴 싫어. 있으면 조금은 도움이 될 수 있는, 죽으면 안타깝게 여겨질 수 있는……, 인정받을 수 있는 사람이 되자.'

그런 결의와 함께 손을 움직이자, 먼지로 뿌옇게 흐려 보였던 창문이 깨끗해지면서 시야가 밝아진 듯한 기분이 들었다.

그 모습을 알버트가 먼발치에서 보고 있었지만, 청소에 집중하기 시작한 리타는 눈치채지 못했다.

어느 날 오전.

리타는 살롱에 있는 장식장에 쌓인 먼지를 털고 있었다.

오가던 조직원들은 리타를 봐도 딱히 아무 말도 하지 않았다.

난데없이 일을 하기 시작한 리타를 보고 당혹스러워하는 조직원도 많았지만, 알버트가 그만하게 하라고 지시를 내린 것도 아니었기에 '뭐, 사정은 잘 모르지만, 마음대로 하게 두자.'라고 생각하는 듯했다. 리타 또한 청소에 집중하는 척하면서 시치미를 뗀 얼굴로 손을 움직이고 있었다.

"오~! 진짜로 청소하고 있네? 수고, 수고!"

인기척이 나는가 싶더니, 거만한 격려의 말이 날아왔다.

'앗, 응? 에밀리오…….'

에밀리오가 자신에게 말을 걸어온 적은 거의 없었기에 깜짝 놀라 먼지털이를 떨어뜨릴 뻔했다.

수염이 덥수룩한 에밀리오가 리타의 등을 철썩 때렸다.

"너, 지금 오기로 청소하는 거지? 알버트가 감당이 안 된다고 투덜대더라! 그 녀석을 애먹이다니, 제법인걸?"

에밀리오는 그렇게 말하며 히죽히죽 웃었다.

'……이거, 칭찬하는 거 아니지?'

알버트가 그런 푸념을 했다는 얘기를 들으니 그가 자신을 어떻게 생각하는지 궁금했지만……, 리타는《나한테 무슨 용건 있어?》라고 스케치북에 적었다. 에밀리오는 슈트 주머니에서 봉투도 없이 넣어 놨던 지폐를 몇 장 꺼냈다.

"이걸로 맛있는 거 먹으러 가자."

《사양할게.》

"그런 말 하지 마. 알버트한테 네 비위 맞추고 오라고 부탁받았단 말이야. 내 입장에선 너를 접대하는 게 오늘 내 임무야. 안 오면 곤란해."

에밀리오가 손에 들고 있는 것은 알버트에게서 받은 '용돈'인 듯했다.

이걸로 맛있는 거라도 먹고 오라니, 완전히 어린애를 달래는 방법 아닌가. 리타는 조금 울컥하고 말았다.

《비위 맞출 필요 없어.》

"맛있는 게 얼마나 많은데. 시장에 가자. 너, 가본 적 없지?"

'……없긴 하지만.'

"청소는 언제든지 할 수 있잖아. 외출할 수 있는 기회가 또 언제 올지 모른다고."

외출을 허락받지 못했던 리타에겐 너무나도 매력적인 제안이었다.

'알버트가 가자고 했으면 가지 않았겠지만, 에밀리오에겐 악감정이 없으니까…….'

"나, 배고파. 아~ 시장에서 뭐 사 먹고 싶다~."

에밀리오가 어색한 연기를 하기 시작하자, 리타는 더는 매정하게 내치지도 못하고 마지못해 고개를 끄덕였다.

《알았어. 같이 갈게.》

고개를 끄덕인 리타를 보며 에밀리오가 덥수룩한 수염 속에서 미소를 지어 보였다.

"그럼 결정! 가서 옷 갈아입고 와."

청소를 하기 위해 대충 머리를 묶고 소매를 걷어 올렸던 리타는 '알버트의 약혼자'로서 밖에 나가기엔 꼴이 너무나도 엉망이었다. 리타는 서둘러 청소도구를 정리한 후, 방으로 돌아갔다.

옷장을 열고……, 짧은 시간 동안 고민했다.

대담한 꽃무늬 스커트나 가슴이 예쁘게 파여 있을 것 같은 어른스러운 니트에는 손이 가지 않아 무난한 감색 원피스를 집어 들었다. 리타의 옷장은 가게를 열어도 될 정도로 옷이 꽉 차 있었지만, 활용되는 일은 전혀 없었다.

'서두르자.'

에밀리오를 기다리게 할 수는 없었다. 종종걸음으로 현관 홀로 향하자, 주머니에 손을 찔러 넣고 서 있는 에밀리오의 뒷모습이 보였다. 발소리로 리타가 온 것을 알아챈 에밀리오가 뒤를 휙 돌아보았다.

그 얼굴을 본 리타는 너무 놀라 입이 떡 벌어지고 말았다.

방금 전까지 자신과 얘기를 나눴던 에밀리오가 아니었다.

파란 눈동자가 인상적이며, 이목구비가 뚜렷한 미남이 그곳에 있었다.

'누, 누구지?!'

아니, 에밀리오야.

눈을 의심했지만, 에밀리오가 틀림없었다.

'그, 그야…….'

목소리도, 체격도, 늘 변화가 없는 까만 슈트도 똑같은데 누구냐고 묻지 않을 수가 없었다. 얼굴을 가리던 수염을 깨끗하게 깎고, 관리도 하지 않아 덥수룩하던 갈색 머리도 짧게 잘려 있었다.

"넋을 잃고 볼 만큼 내가 멋있어?"

'이건 사기야……!'

알버트가 예쁘고 기품 있다는 말로 형용되는 미남이라면, 에밀리오는 더 남성적이고 야성미가 흐르는 미남이라 할 수 있을 것이다.

어째서 이 얼굴을 숨기고 있었는지 이해가 되지 않았다. 에밀리오가 훨씬 연상이라고 생각했던 리타는 그러고 보니 마르다가 에밀리오를 '도련님'이라는 호칭으로 불렀던 것을 떠올렸다.

"후후후. 네가 보고 있는 것들이 꼭 옳은 것만은 아니야, 리타. 수염은 변장을 위한 것! 절대! 귀찮아서 안 깎는 게 아니라고!"

이곳에 알버트나 마르다가 있었다면 "아니, 귀찮아서 그러는 거 맞잖아?"라고 태클을 걸었겠지만, 리타는 순수하게 감탄했다.

《그랬구나. 확실히 아저씨인 척하는 게 관록이 있어 보이니까.》

"아저씨……?! 난 알버트와 몇 살 차이도 안 나거든……?"

'뭐?'

"이봐. 뭐야, 그 얼굴은?"

겁을 주는데도 전혀 무섭지 않았다.

처음 만났을 땐 난폭하고 무서웠던 데다, 얼마 전에 리타가 납치를 당했을 때도 그는 가차 없이 총을 쏘았다.

그동안 무서운 면을 많이 봐 왔는데도 지금은 처음 만났을 때보다 무섭다는 생각이 거의 들지 않았다.

'……아, 그렇구나. 난 에밀리오에 대해 전혀 아는 게 없었어. 하지만 무서운 모습만 있는게 아니라 다른 사람을 잘 챙겨주는 면이나 밝은 면이 있다는 걸 알게 됐으니까…….'

모든 일에는 앞과 뒤가 있듯이, 모르는 부분을 알면 그 상대에게 애착이 생긴다.

……알버트에게도 그런 모습이 있을까? 리타는 아직 자신에게는 그의 마음속에 발을 디딜 여지가 없는 것 같다는 생각이 들었다.

에밀리오가 데려간 곳은 신시가지에 있는 시장이었다.

섬에 오자마자 알버트가 데리고 돌아다닌 곳은 구시가지라 불리는 구역이었다. 역사 있는 건물이 많고, 고급점만 나란히 있는 구시가지와 달리 이쪽은 약간 저렴한 느낌이 있지만 친근한 분위기의 가게가 큰 길에 따닥따닥 붙어 북적이고 있었다.

장바구니를 든 여자들과 관광객. 가게 앞에는 파라솔이 놓여져 있으며, 진지하게 상품을 음미하는 사람, 열심히 호객하는 점원의 목소리가 어지러이 오가고 있었다. 사투리가 심해서 무슨 말을 하는지 잘 알아들을 수 없는 언어도 들려왔다.

나무로 만든 상자에는 넘쳐흐를 듯이 쌓여 있는 형형색색의 파프리카가, 옆에 놓인 처음 보는 과일에서는 달콤한 냄새가 한가득 진동했다.

깨진 얼음 위에 놓인 생선은 갓 잡아 와서 신선할 것이다.

맛있을 것 같은 음식 냄새에 시선을 돌리자, 튀김과 반찬을 파는 포장마차도 나와 있었다.

'굉장해! 이것이 시장……!'

이렇게 활기가 넘치는 곳이라니.

눈을 반짝이는 리타에게 포장마차에서 음식을 팔던 중년 여성이 말을 걸어왔다.

"자, 자. 갓 튀긴 아란치네[#5]예요! 아가씨, 하나 먹을래요?"

"그럼 토마토 맛 두 개만 줘."

에밀리오가 손가락 두 개를 세워 말했다.

"어머나, 에밀리오잖아! 웬일이야? 면도까지 다 하고. ……데이트 중이야?"

"바보야. 이 녀석은 알버트의 여자야. 난 보디가드로 나왔고."

"보디가드가 군것질 같은 거 해도 돼? 그렇다는 건 혹시 이 아가씨가 소문의 그 오로? 그 눈, 보자마자 딱 오로인 것 같았어!"

'소, 소문……?'

진수식에서 사람들 앞에 섰으니 리타의 존재가 알려져 있어도 이상하진 않았다.

"들었지, 리타? 유명인이네?"

에밀리오가 친근하게 농담을 하면서 동그랗게 생긴 크로

#5 아란치네 라구소스와 모차렐라치즈, 콩을 밥과 섞은 후에 빵가루를 입혀 튀긴 이탈리아 요리 아란치노를 일부 지방에서 부르는 이름.

켓을 사주었다.

뜨거우니까 조심히 먹어, 라는 말과 함께 중년 여성이 종이에 싸서 준 그것을 입으로 후후 불어 식힌 후, 한 입 베어 물었다. 바삭한 튀김옷 안에는 쌀과 토마토 소스, 열에 녹은 치즈가 뒤얽혀 아주 훌륭한 맛이었다.

"세레노의 명물이야. 맛있지?"

에밀리오의 말에 고개를 끄덕이자, 그 모습을 보고 있던 주변의 다른 가게에서도 말을 걸어왔다.

"에밀리오 씨~! 여기도 좀 들렀다 가줘!"

"방금 잡아 온 신선한 새우야! 구워 먹으면 정말 맛있어~!"

"아가씨, 우리 농장에서 직접 만든 무화과잼 어때?"

에밀리오는 "여어!" 하고 손을 들어 반응하더니, 가게 앞에서 즐겁게 잡담을 나누었다.

그 모습이 리타를 데리고 돌아다니던 알버트와 겹쳐졌다. 이런 식으로 거리의 상황을 확인하는 것도 그의 일 중 하나일 것이다.

리타가 신기했는지, 시장 사람들은 자꾸 말을 걸고 시식을 권했다.

"자. 먹어, 리타."

'어? 그렇게 많이 먹었다간 저녁을 못 먹는데…….'

그러자 에밀리오가 시식용으로 받은 치즈를 리타의 입에

쑤셔 넣었다.

"넌 작고 비쩍 말랐으니까 먹어야 큰다고!"

'……아이 취급 하긴…….'

리타는 입을 우물우물 움직였다. 먹이로 길들임당하고 있는 것 같았다.

갑자기 길 안쪽에서 비명이 터졌다.

"거기 서!"

"누가 좀 잡아줘! 소매치기야!"

날카로운 목소리. 마른 남자가 이쪽을 향해 뛰어 도망치고 있었다.

"좋아. 나한테 맡겨!"

에밀리오는 리타에게 짐을 홱 던지더니, 이쪽을 향해 오는 남자의 급소를 찔렀다. 그대로 팔을 비틀어 올려 업어치기를 한 다음, 일어나지 못하도록 등에 무릎을 올렸다. 남자는 저항하며 날뛰었지만, 체격이 좋은 에밀리오를 이겨 내지 못해 결국 포기하고 땅에 엎드렸다. 남자를 쫓아온 사람들이 남자의 손에서 지갑을 빼앗았다.

화려한 체포극을 본 사람들은 환호성과 함께 들끓었다.

"이야! 제법인데, 미남! ……어? 에밀리오잖아?"

"어머, 세상에. 평소보다 빛나 보여."

"뭐라고? 난 항상 빛나거든?"

농담을 하는 사이에 소매치기범은 밧줄로 꽁꽁 묶여 시장 사람들의 손에 맡겨졌다. 도둑을 심판하는 것은 로렌티가의 영역이 아니다. 이대로 경찰에 넘긴다고 한다.

《에밀리오는 이 도시 사람들에게 사랑받고 있구나.》

"그야 계속 세레노에 있으니까."

조용한 곳으로 나와 잠시 쉬기 위해 벤치에 앉았다. 시장 사람들이 이것저것 챙겨준 물건으로 짐이 가득했다.

《로렌티가에는 언제부터 있었어?》

"난 어릴 적부터 드나들었어. 아버지가 계셨거든."

"그럼 알버트와도 그때부터 알고 지냈어?"

왠지 두 사람은 알고 지낸 지 오래됐을 것 같다는 생각에 물어보자, 에밀리오는 곧바로 긍정했다.

"응. 피의 맹세를 맺은 것도 그때였고~."

피의 맹세(오메르타). 익숙지 않은 말에 리타가 고개를 갸웃거리자, 에밀리오가 양손 엄지와 엄지를 붙이는 동작을 보여주었다.

"피의 맹세란 이렇게 엄지를 살짝 찔러 보스와 피를 주고받는 거야. 패밀리에 충성하겠다, 비밀을 지키겠다. 그런 맹세를 하는 의식 같은 거지."

맹세하는 의식. 비밀 결사처럼 들리는 말이었다.

《어기면 어떻게 돼?》

"숙청당해. 아~ 다시 말해, 죽어."

리타는 에밀리오가 아무렇지도 않게 한 말을 듣고 화들짝 놀라버렸다.

아직 어린 애들이 흉내 내도 되는 의식이 아니다, 놀이가 아니다, 라고 두 사람의 엄지에 난 상처를 본 어른들은 호되게 꾸짖은 것 같지만, 알버트와 에밀리오는 매우 진심이었다고 한다.

"진짜 엄청 혼났지 뭐야. 어른들은 알버트한테 손을 못 대니까 나만 죽도록 두들겨 맞았다고."

《패밀리에 들어가는 사람은 다들 그 의식을 거쳐?》

리타에게 줄 일은 없다고 했던 알버트의 말을 떠올리고 말았다.

조직원들이 서류 한 장도 리타에게 보이지 않는 것 또한 그런 이유일 것이다.

"아, 하지만 아내나 첩은 별개야. 결혼 상대에겐 피의 맹세를 강요하지 않아. 마피아의 일원이 되지 않으면 알버트와 결혼할 수 없는 건 아니야."

에밀리오는 그렇게 덧붙였다.

배신하면 죽인다는 말을 듣고는 리타가 겁을 먹었을 것이라고 생각한 것이다. 복잡한 표정을 짓고 있는 리타의 머리에 에밀리오가 손을 얹었다. 그러더니 어린애에게 하듯이 머리를 톡톡 두드렸다.

"……알버트가 싫어?"

《모르겠어. 그야 무슨 생각을 하는지 잘 모르겠는걸.》

"그 마음 이해해! 나도 어렸을 때 그 녀석을 진짜 싫어했거든. 항상 새침한 얼굴로 사람을 얕보지 않나, 사람은 또 어찌나 험하게 다루는지. 여우 짓은 또 얼마나 하는지! 완전 재수없는 애였어!"

'저기……, 하지만 어렸을 때 충성을 맹세했다고 하지 않았어?'

에밀리오는 잔뜩 신이 나서 알버트의 험담을 했다.

마지막엔 "아니, 그래도 그 녀석, 사실은 좋은 녀석이야."라는 말이 이어질 줄 알았지만, "상사로선 유능하지만, 인간성은 최악이야. 친구가 되고 싶지 않은 타입이지. 귀찮잖아."라고 끝까지 헐뜯었다. 하지만 애정이 묻어 나오는 말투에서 오래 알고 지냈기에 두 사람이 얼마나 스스럼없는 사이임을 리타도 알 수 있었다.

"그래서 네가 저번에 알버트의 따귀를 냅다 후려갈긴 걸 보고 얼마나 속이 시원하던지. 앞으로도 그 녀석을 많이 때려줘! 난 그걸 보면서 대리 만족을 느낄게!"

'뭐라고……?'

그런 짓을 하기 전에 화난 알버트에게 죽을지도 모른다. 그렇게 적어 보여주자, “안 죽여.”라고 말한 에밀리오는 이를 보이며 웃었다.

“그래 봬도 그 녀석, 너를 꽤 마음에 들어 하는걸! 아무리 봐도 도저히 알기 힘들지만!”

조용한 집무실에 종이를 넘기는 소리가 울려 퍼졌다.

지방에서 온 보고서를 훑어 보면서 알버트는 리타에 대해 생각하고 있었다.

‘나 원. 얌전히 있어주면 됐을 텐데…….’

암시장에서 봤을 때는 살아갈 기력을 잃고 겁에 질려 몸을 웅크리고 있던 소녀.

다정하게 대해주면 금세 마음을 열 줄 알았다. 달콤한 말로 구슬리면서 여기가 위험한 곳임을 은근슬쩍 보여주며 반항할 기력을 꺾어버린다. 그러면 알아서 알버트의 말을 들을 줄 알았는데.

유괴당해 공포를 맛본 리타는 오히려 생기를 되찾은 것 같았다. 방에 갇히는 것이 두려워 자기 발로 걸어 나오려 하고 있었다.

'로렌티가에 대해 알고 싶으니까? 알아서 어쩔 셈이지?'

알버트가 원하는 것은 자신의 반려자라는 '일'을 소화해 주는 상대이다. 조직에 대해 이해받고 싶은 생각은 없다. 하물며 알버트의 마음을 비집고 들어오려는 상대는 질색이다.

리타가 알버트와 마주 보려고 할 때마다 알버트는 자신을 똑바로 쳐다보는 눈으로부터 도망치고 싶어진다. 당신에 대해 더 알고 싶다며 멋대로 로렌티가에 참견해 놓곤 줄행랑을 친 여자들처럼 되지 않기를 바라는 마음 때문일지도 모른다.

교활하고, 계산적이고, 냉혹한 알버트에 대해서는 몰라도 된다.

적당한 협력 관계를 쌓을 수 있다면 그걸로 충분하다.

문득 창밖을 보자, 문에서부터 나란히 걸어오는 두 사람의 모습이 눈에 들어왔다.

검은 정장 차림의 에밀리오와, 키가 에밀리오의 어깨에도 오지 않는 리타가 쫄래쫄래 그를 따라 걷고 있었다.

그러고 보니 에밀리오에게 리타를 어디 데리고 나갔다 오라고 부탁했다. 에밀리오는 수염까지 깎은 상태였다.

두 사람은 손에 짐을 들고 돌아오는 길이었다. 리타는 에밀리오를 올려다보며 무슨 얘기를 하고 있었다. 유쾌한 얘기라도 하고 있는지, 리타의 얼굴이 활짝 밝아진 것이 보였다.

그 나이에 맞는 해맑은 미소.

'웃을 수 있구나.'

그 광경은 알버트의 마음을 술렁거리게 만들었다.

알버트의 옆에서 곤란한 듯한 얼굴로 있을 때와는 달랐다.

다정한 말을 해도 웃어준 적이 없다. 알버트가 가식적인 태도로 대하고 있는 것을 느꼈기 때문일 것이다. 하지만 에밀리오의 앞에서는 웃고 있다. 처음 만났을 땐 그토록 경계했던 주제에 꽤나 마음을 터놓은 듯이 친해 보였다.

에밀리오를 올려다보며 스케치북에 짧은 대답을 쓰고……, 열심히 고개를 움직이던 리타가 부주의로 발을 헛디뎌 넘어질 뻔했다. 에밀리오는 한쪽 팔로 리타의 몸을 가볍게 받아냈다.

"위험해라. 앞을 똑바로 보고 걸어야지."

《미안해, 고마워.》

그런 대화가 들릴 것 같은 두 사람을 보며 짜증이 점점 커져 갔다.

저택 안으로 들어올 때까지 두 사람을 지켜보고 만 알버트는 자신답지 않은 감정을 주체하지 못한 채 보고 있던 보고서에서 자잘한 실수를 발견하곤 빨간색 글씨로 매섭

게 정정했다. 엉뚱한 화풀이를 하는 자신의 모습에 웬일로 혀를 한 번 크게 찼다.

잠시 후, 거친 노크 소리와 함께 에밀리오가 얼굴을 비쳤다.

“여어, 다녀왔어. 자, 이거. 선물.”

종이 봉투가 집무실 책상 위에 놓였다. 하나는 구운 과자, 또 하나는 싸구려 양철 인형이었다. 알버트는 한쪽 눈썹을 치켜 올렸다.

“선물 같은 거 부탁한 적 없는데?”

“네가 돈 줬다는 얘기를 했더니 리타가 뭐라도 사 가야 한다고 하더라. 참 성실한 녀석이란 말이지~.”

“흐음. 그래? 과자는 이해하겠는데, 이 인형은 뭐야?”

실용성이 없는 장난감이었다. 검은 머리에 초록색 눈, 애교 넘치는 멍청한 얼굴은 설마…….

“리타가 너랑 닮았다고 보더라.”

“……보나마나 네가 사 가자고 했겠지. 그 애가 앞장서서 나한테 이걸 선물하고 싶어 할 리가 없어.”

알버트는 자신이 낸 목소리에 놀랐다. 마치 토라진 듯한 목소리였다.

소파에 앉아 노점에서 사 왔다고 하는 고무공을 던지며 놀던 에밀리오는 큰 소리로 웃었다.

"불평이나 늘어놓을 거면 굳이 나한테 부탁하지 말고, 처음부터 네가 가지 그랬어. 리타가 마음에 들잖아?"

"누가 누굴 마음에 들어 한다는 거야?"

"그 반응이 말해주잖아. 네가 그런 식으로 토라지는 것 자체가 이상하다니까?

아무래도 좋으면 내버려 두든가, 얼른 다른 데로 보내면 되잖아?"

에밀리오의 말에 허를 찔렸다.

……그러고 보니 그렇다.

이미 진수식에서 섬 사람들에게 얼굴도 보여줬고, 간부들에게도 시기를 봐서 인사 시기를 정하면 된다. 처음에 했던 약속대로 지금이 리타를 다른 지방으로 보내기 적당한 시기일 것이다.

"……그러게. 그편이 리타에게도 좋겠지. 빨리 후보지를 선별하라고 해야겠군."

아무것도 아닌 듯이 대답하면서도 이 저택에 익숙해지고자 노력 중인 리타의 입장에선 쫓겨났다고 느끼지 않을까? 그건 너무 가혹하지 않나……? ……쓸데없는 생각이 알버트의 판단력을 흐리게 만들었다. 리타가 슬퍼하든, 알버트를 싫어하든 아무래도 상관없는 일인데.

분홍색, 흰색, 파란색 세 개의 공을 저글링을 하듯이 토스하면서 에밀리오가 말했다.

"아, 그럼 우리 집에 보내는 건 어때? 나도 누나도 집에 안 가니까 방이 남는 데다, 이 저택에서도 가깝고. 우리 집도 청소해주면 나도 고맙고~."

"왜 리타가 너희 본가 청소를 해야 하는데? 돈 주고 가정부를 고용해. 애초에 너희 본가에 둘 바엔 이 저택에 그냥 두는 편이 안전해. 눈이 닿는 곳에 있어주는 편이 나도 안심되고……."

"……거봐. 자각은 없지만, 너, 그 애를 꽤 마음에 들어 한다니까?"

알버트는 에밀리오가 던진 고무공을 타악 받아 냈다.

……마음에 들어 하는 걸까?

적어도 지금까지 내 주위에 있던 여자들과는 종류가 다를 뿐이지, 딱히 곁에 두고 싶은 건…….

책상 위에 놓인 양철 인형과 눈이 마주쳤다. 보면 볼수록 멍청한 얼굴, 아니, 속 편한 듯이 웃고 있는 얼굴이 자신을 우습게 여기고 있는 듯한 기분이 들었다.

왠지 인형이 묘하게 거슬린 알버트는 에밀리오를 향해 공을 휙 던졌다.

5 고양이와 따뜻한 우유

"고마워, 리타."

《아니야. 나야말로 같이 오자고 해줘서 고마워.》

수리를 맡겨 놓은 액자를 찾으러 갈 건데 도와주지 않겠냐는 마르다를 따라 리타는 오늘도 거리에 나왔다. 오늘의 목적인 액자는 스케치북보다 크기가 조금 큰 것 두 개. ……별로 크지도 않은 액자는 그저 구실이었고, 리타가 외출할 계기를 만들어준 것 같았다.

마르다와 나란히 큰 길을 걸었다.

새로 생긴 빵집과 세련된 카페 등은 보고 있기만 해도 가슴이 들떴다. 밖에 나갈 때마다 세계가 넓어지는 기분이 들어 즐거웠다. 흐린 하늘 때문에 날씨를 걱정하며 얼른 돌아가야 한다는 게 아쉬웠다.

돌아가는 길에 낯익은 검은 차가 리타와 마르다를 앞질렀다.

"어머, 알버트 님이시네."

'응?'

차는 격식 있는 호텔 앞에 멈췄다. 마르다의 말대로 차에서 내린 사람은 슈트를 캐주얼하게 차려 입은 알버트였다. 차에서 내린 알버트는 보디가드와 함께 살짝 살집이 있는 남자, 그리고 화려하게 차려 입은 여성과 입구에서 합류했다. 등이 대담하게 파인 드레스를 입은 여성이 교태를 부리듯이 알버트의 팔을 잡았고, 알버트도 그녀에게 미소를 지어 보였다.

"오늘은 회식이 있다고 하셨는데……. 상대 분이 따님을 데려오셨나 보네."

마르다는 별일 아니라는 투로 그렇게 말했다. 알버트가 바람을 피우고 있는 것이 아니니까 오해하지 말라는 듯한 말투였기에 리타도 대수롭지 않게 고개를 끄덕였다.

'진수식 때도 느꼈지만, 역시 알버트는 여자들에게 인기가 많구나.'

알버트의 뒷모습을 쳐다보던 것은 리타만이 아니었다. 길 건너편에 있는 카페 테라스에서도 알버트를 의식하고 있는 금발 머리의 소녀가 있었다. 낯익은 얼굴이라고 생각했더니 밀레나였다.

"앗."

리타를 알아챈 밀레나는 소리를 내며 일어섰다. 그러더니 멋쩍은 듯이 마르다와 리타를 번갈아 보며 입을 빠끔빠끔 움직이고 있었다.

"……리타. 난 꽃집에 있을게."

마르다는 무언가를 눈치챘는지 재빨리 그 자리를 떠났다.

밀레나와는 진수식 이후로 처음 만났다. 마음은 거북했지만 테라스석으로 다가가자, 밀레나는 노골적으로 겁에 질린 표정을 지으며 리타에게 머리를 숙였다.

"저, 저기! 진수식 때는 미안했어요……. 당신이 알버트 님과 어울리지 않는다고 괜한 트집이나 잡아서. ……이제 로렌티가에는 접근하지 않을게요……."

진수식에서 으르대던 것과 같은 사람이라고는 생각할 수 없을 만큼 위축되어 있었다. 밀레나는 조금 야윈 것 같았다. 테이블 위에 놓인 샌드위치는 아주 조금 베어 문 정도였고, 글라스의 얼음은 완전히 녹아 잔 받침을 적시고 있었다.

《혹시 알버트한테서 무슨 말이라도 들었어요?》

협박을 받은 줄 알았지만, 밀레나는 깜짝 놀란 얼굴로 고개를 저었다.

"아뇨. ……그 후로 얘기한 적도 없고, 만난 적도 없어요! ……나, 난…… 몰랐어요. 알버트 님은 늘 다정하고, 신사적이라 그, 그런 식으로……."

하던 말을 멈춘 밀레나는 그날 일을 떠올리곤 기분이 나빠졌는지 손으로 입가를 가렸다.

《더는 알버트를 좋아하지 않아요?》

리타는 그만 그렇게 묻고 말았다. 약혼자랍시고 견제를 할 생각도, 다른 의도가 있는 것도 아니라 순수한 의문이었지만, 밀레나는 고개를 세차게 저으면서 부정했다.

"좋아하지 않아요. 난……, 그, 그런 잔인한 싸움에 더는 말려들기 싫어요……! 당신에게도 꼭 사과하고 싶었어요. 불쾌하게 굴어서 미안해요. 이제 알버트 님에게 접근하지 않을 테니 용서해줘요……."

마치 리타의 명령으로 자신이 소리소문도 없이 사라질 수 있다고 생각하는 듯한 말투였다.

"미안해요."

밀레나는 떨리는 목소리로 몇 번이나 사과를 되풀이했다. 그리고 식사는 손을 거의 대지 않은 그대로 남겨 둔 채 도망치듯이 가버렸다.

'……그렇게 위험한 상황에 휘말렸으니 무서워하는 것도 무리는 아니겠지.'

로렌티가는 세레노 주민들과 양호한 관계를 구축하고 있으며, 그들에게 깊이 관여하지 않는 이상 밝고 호탕한 로렌티가에 호감을 가져도 이상하지 않다. 하지만 그들은 결코 정의의 히어로가 아니다.

밀레나의 입장에선 그동안 키워 오던 사랑이 한순간에 식어버리는 일이었을 것이다.

'알버트는 누구에게나 다정다감하게 행동하지만……, 아무에게도 마음을 허락하지 않는 것처럼 보여. 무서운 모습을 보고 도망치는 사람은 아마 지금까지도 많았을 거야…….'

그건 왠지 상상만 해도 몹시 서글펐다.

"리타? 얘기 다 끝났어? 비가 한바탕 올 것 같으니까 얼른 돌아가자."

리타는 마르타의 말에 고개를 끄덕였다.

하늘에서 빗방울이 리타의 뺨에 똑 떨어졌다.

비는 순식간에 후드득후드득 내리기 시작하더니, 저택에 도착한 무렵에는 마르다도 리타도 비를 맞아 흠뻑 젖고 말았다.

저녁부터 내리기 시작한 비는 밤이 되자 본격적으로 쏟아지기 시작했다. 눈 깜짝할 사이에 천둥과 번개를 동반한 소나기구름이 밀려와 밖에는 비바람이 몰아쳤다.

창문에 빗방울이 닿는 소리. 바람이 요란하게 지나가는 소리.

멀리서 우르릉우르릉, 구름이 몰려오는 낮은 소리가 들려왔다. 넓은 방에 소리가 요란하게 울리는 탓에 리타는 담요를 뒤집어쓴 채 침대에 웅크리고 있었다.

'잠이 안 와……!'

커튼에 비치는 번개가 어두운 방을 한순간 밝게 비추었다. 불온한 소리는 점점 커져 갔다.

마르다가 무슨 일이 있으면 언제든지 오라고 말해줬지만, 시계바늘은 자정을 지나 있었다. 천둥 번개가 무섭다고 쳐들어가기엔 꺼려지는 시간이었다.

– 애가 왜 이렇게 겁이 많아? 이런 건 금방 지나가.

옛날에 천둥 번개가 치던 날, 올가는 벌벌 떨던 리타를 보며 어처구니없어하면서도 우유에 설탕을 넣어 따뜻하게 데워주었다.

얇은 담요를 뒤집어쓰고 우유의 표면을 후후 불다 보면 마음이 평온해졌다.

'따뜻한 우유……. 한 잔 마실까?'

이대로 밤새도록 겁에 질려 있는 것보단 나을 거란 생각에 리타는 잠옷 위에 가운을 걸쳤다.

저택 사람들은 모두 잠든 시간이지만, 혹시 몰라 스케치북도 가져갔다.

복도에 놓인 간접조명을 의지하며 스케치북을 끌어안고 살금살금 복도를 나아갔다. 쥐 죽은 듯이 조용해 빗방울이 떨어지는 소리와 천둥 소리가 선명하게 들려왔다. 계단을 내려가던 도중, 큰 번개가 하늘을 울리며 떨어졌다.

꽈과앙! 고막을 찢는 듯한 낙뢰음이 들렸다.

놀라 몸을 웅크리는 순간 갑자기 어두워지며 모든 조명이 꺼졌다.

'앗!'

정전이다.

'어, 어떡하지……?'

조리장으로 갈 때가 아니었다. 하지만 손을 더듬거리며 방으로 돌아가기엔 난이도가 너무 높았다…….

그렇게 돌아가지도, 나아가지도 못한 채 계단에 몸을 웅크리고 있던 리타에게 1층에서 누군가가 손전등 불빛을 가져다 댔다.

"……리타?"

계단 밑에서 불빛을 비추고 있는 것은 알버트였다. 지금 막 돌아온 것 같았다. 이런 밤중에 계단에서 쭈그리고 앉아 있는 리타를 보곤 수상쩍은 표정을 지었다.

"……뭐 해?"

이런 날씨에 도망가려고? 라고 어처구니없는 듯한 목소리로 말했다.

아니라고 반론하며 일어선 순간, 창밖에서 번갯불이 번쩍 빛났다. 그 직후, 또다시 울린 커다란 낙뢰음에 놀란 리타는 계단에서 발을 헛디뎌 미끄러지고 말았다.

'앗!'

"위험해!"

손전등이 딸칵 소리를 내며 계단을 굴러 바닥으로 떨어졌다.

깜깜한 계단에서 리타는 알버트에게 안겨 있었다.

몸에 닿은 알버트의 슈트는 비를 맞아 조금 젖어 있었고, 담배와 향수 냄새가 났다. 달콤한 향수는 호텔에서 함께 있던 여자의 것일까?

"……괜찮아?"

낯선 향수 냄새 때문에 마음이 진정되지 않았다.

타인의 기척이 느껴지는 슈트에서 리타는 황급히 떨어졌다. 그리고 곧바로 발길을 돌리려 했지만, 또다시 천둥 소리 때문에 발걸음이 멈추고 말았다.

알버트는 흠칫 떠는 리타를 보고 무언가를 헤아린 듯했다. 손전등을 줍더니, "이리 와." 하고 리타의 손을 잡았다. 그리고 그대로 계단을 내려가선 살롱 쪽으로 데려가주었다.

보아하니 일시적으로 일어난 짧은 정전이었는지, 그 타이밍에 불빛이 돌아왔다. 리타는 안도의 한숨을 내쉬었다.

"그래서, 뭐 하고 있었어?"

알버트가 묻자, 리타는 마지못해 스케치북을 펼쳤다.

《우유를 데워 마시려던 중이었어.》

"천둥 번개가 무서운데?"

왜 방에서 나와 어슬렁거리는 거냐는 듯한 말투였다.

《잠이 안 오는 날엔 집에서 데워준 우유를 자주 마셨어. 하지만 이제 괜찮아. 귀찮게 해서 미안해.》

제대로 된 대화를 하는 건 리타가 멋대로 일하겠다고 선언한 이후로 처음이라 조금 서먹서먹했다. 아무튼 이제 괜찮다고 전하자, 알버트는 한숨을 작게 내쉬었다.

"……금방 올 테니까 잠깐 기다려줄래?"

'응……?'

당황하면서도 고개를 끄덕이자, 알버트가 리타를 소파에 앉혔다.

기다리라는 건, 다시 돌아온다는 뜻?

여전히 창밖에선 우르릉우르릉 불온한 소리가 들려왔지만, 방에 있을 때만큼 무섭지 않았다. 알버트와 이야기를 나눠 마음이 진정됐는지, 아니면 밝고 개방적인 살롱에 있어서 그런지 천둥 번개 소리도 멀어진 것처럼 느껴졌다.

쿠션을 끌어안은 채 알버트를 기다렸다.

비에 젖은 옷을 갈아입으러 간 줄 알았는데, 살롱으로 다시 돌아온 알버트의 손에 머그컵 두 잔이 들려 있는 것을 보고 놀라고 말았다. 테이블에 놓인 머그컵에는 따뜻한 우유가 담겨 있었다. 달콤한 김이 모락모락 피어 오르고 있었다.

'따뜻한 우유……! 거짓말. 알버트가 데워준 거야?'

"뭐야, 그 얼굴은?"

알버트는 믿어지지 않는다는 얼굴의 리타에게 울컥한 표정을 지어 보였다. 중성적인 외모의 알버트가 그런 얼굴을 하자 어딘가 어린아이 같은 표정이 되었다.

'알버트가 나에게 친절하게 대하다니, 무슨 꿍꿍이가 있는 거 아니야?'

경악과 의심이 가득한 얼굴로 좀처럼 우유에 손을 대지 않고 있자, 옆에 앉은 알버트의 손이 리타의 뺨으로 뻗어 왔다.

쭈우우우욱.

알버트가 리타의 뺨을 좌우로 잡아당겼다.

'뭐, 뭐야?!'

"가끔씩 다정하게 대해줘야 할 것 같아서. 다른 남자하고만 친하게 지내도 곤란하니까."

'다른 남자? 에밀리오 말이야? 본인이 에밀리오한테 날 데리고 외출하라고 부탁했으면서…….'

"애초에 그 인형은 뭐야? 네 눈에는 내가 그렇게 멍청하게 보여?"

'나, 난 닮았다고 했을 뿐이야. 웃기니까 사 가자고 말한 사람은 에밀리오라고!'

뺨을 주물주물 만지며 잡아당겨서 아팠다.

"넌 내 말을 전혀 듣지 않아서 보고 있으면 짜증 나."

알버트가 그렇게 말하더니 손을 놓았다. 리타는 눈물을 글썽이며 뺨을 문질렀다.

아파. 너무해. 이 사람, 대체 뭐지?

마치 질투하는 것 같은 말투였지만, 리타가 마음대로 되지 않으니까 아마 괜히 화풀이하고 있는 것이다. 그렇게 생각하면서도 우유를 데워 와준 것은 알버트 나름의 다정함이라고 느끼며 머그컵으로 손을 뻗었다.

따뜻한 컵을 두 손으로 감싸 쥐고 표면을 후후 불어 한 모금 마셨다.

리타는 우유를 입에서 뿜어 낼 뻔했다.

'다, 달아…….'

단순히 달기만 한 게 아니라 설탕과 꿀의 단맛 끝에서 어렴풋한 짠맛이 느껴졌다. 완전히 녹지 않은 알갱이가 리타의 입안에서 씹혔다.

'날 괴롭히는 건가?'

맛없는 우유 공격에 당황한 리타를 보고 알버트가 말했다.

"왜?"

그리고 의아한 얼굴로 본인도 우유를 한 모금 마셨다. 뿜어 내진 않았지만 얼굴을 찌푸렸다.

"맛없어……."

나지막이 중얼거린 모습을 보아하니 괴롭히려는 의도가 있어서 그런 것이 아니라 정말로 단순히 실패한 것 같았다. 가만히 생각해보니 조리장에 설 필요도 없는 신분이라 어쩌면 본인 손으로 처음 만든 것일지도 모른다…….

'……후후.'

리타는 웃고 말았다.

'이상해.'

다른 사람도 아닌 알버트가 친히 우유를 데워주려다가 실패한 거야?

대체 이 사람은 뭘 하고 싶은 걸까? 뚱한 표정으로 우유를 쳐다보는 모습이 우스운 나머지, 리타는 어깨를 들썩이며 웃음을 터뜨리고 말았다.

'이상한 사람이야. 평소에는 가식적인 말만 하면서 어울리지 않는 짓을 하니까 그렇지.'

우유를 맛있게 데워줬다면 그의 완벽한 다정함에 설렜을지도 모르지만, 의외의 면을 본 지금이 훨씬 기뻤다.

알버트는 리타의 얼굴을 가만히 쳐다보았다. 리타는 너무 웃으면 혼날지도 모른다는 생각을 하면서도 웃겨서 또 웃고 말았다.

"웃었어."

'응?'

"겨우 웃었군. 처음이야. 내 앞에서 웃는 거."

그렇게 말하더니 입가에 웃음을 머금은 알버트의 표정은 평소의 거짓 웃음과 달리 따뜻한 온기가 감돌았다. 다정한 미소를 앞에 두고 리타의 심장이 뛰었다.

'……알버트가 진심으로 웃는 얼굴도 처음 봤어.'

항상 이런 식으로 있어주면 더 순순히 알버트를 믿고 싶을 텐데…….

알버트답지 않은 알버트는 리타의 경계심을 풀어주었다.

서먹서먹함, 짜증, 답답함. 가슴에 계속 고여 있던 감정이 풀렸다. 리타는 경계하던 몸에서 힘을 빼곤 스케치북에 글씨를 적었다.

《외출 허락해줘서 고마워.》

"별말씀을. 외출은 즐거웠어?"

《응. 아주 즐거웠어. 하지만 나, 청소도 그렇고, 할 수 있는 일은 계속할게.》

"의미가 없는데도?"

《의미는 있어. 내 눈으로 직접 로렌티가를 보면서 알아가고 싶어.》

방에 틀어박혀 있었다면 몰랐던 일들이 많았다. 알버트는 포기했다는 듯이 어깨를 움츠렸다.

“……아, 그래? 도망칠 생각이 없다면 그걸로 됐어. 마음대로 해.”

리타는 고개를 끄덕였다.

다디단 우유를 천천히 마셨다. 알버트는 남겨도 된다고 말했지만, 리타가 전부 마신 것을 보더니 알버트도 꾹 참고 마셨다.

《당신이 하라는 대로는 하지 않을 거야. 하지만 멋대로 도망치지도 않을 거야. ……약속, 할게.》

알버트는 아무 말도 하지 않았지만, 그걸로 충분했다.

그는 거짓말을 할 때일수록 말이 많으니까.

어느샌가 천둥 번개는 지나가고, 조용한 빗소리만이 남았다.

시계바늘은 벌써 심야 한 시를 지나 있었다. 알버트도 피곤할 것이다. 리타는 두 사람이 마신 머그컵을 치우기 위해 일어섰다.

그러자 알버트가 이제 그만 쉬라며 자리를 떠나려던 리타를 붙들었다.

‘왜?’

고개를 갸웃한 리타의 얼굴로 알버트의 손이 뻗어 왔다.

‘또, 또 뺨을 꼬집을 생각이구나……!’

경계하며 발에 힘을 주고 힘껏 버틴 리타의 이마에 알버

트의 입술이 쪽 소리를 내며 닿았다.

“잘 자.”

‘……?!’

정말로 오늘은 알버트답지 않다. 무슨 일이지?

아니, 진짜 알버트는 어쩌면……, 짓궂고, 덜렁대고, 다정한 면도 조금은 있을지도 모른다는 생각이 들었다.

달짝지근한 향수와 담배 냄새가 배인 수트를 벗으면서 알버트는 방금 전에 헤어진 기특한 소녀에 대해 생각했다.

‘대체 뭘 하고 있는 건지…….’

여태껏 자신에게 접근했던 여자들과 너무나도 달라서 어떻게 대해야 좋을지 모르겠다.

넥타이를 풀고 와이셔츠를 벗어도 지독한 향수 냄새는 사라지지 않았다. 불쾌함을 느끼곤 소파에 벗어던진 후, 알버트는 반라의 상태로 침대에 드러누웠다.

오늘은 사업차 중요한 상담(商談)이 있어서 외출했더니 상대는 그저 비위를 살살 맞출 생각이었던 것 같다.

누가 술과 여자를 갖다 바쳐도 평소에는 적당히 상대하지만, 최근에는 진심으로 귀찮아졌다. 그러나 할아버지 대에서부터 교제가 있는 상대나 함부로 대할 수 없는 상대도 있다.

로렌티가의 젊은 보스는 미숙하다고 무시당하지 않도록 가식 웃음을 지으며 때로는 협박을 하고, 때로는 지도를 바라는 젊은이인 척하면서 상대의 의중을 살피는 나날의 반복이다.

이익을 위해 로렌티가와 인연을 맺고 싶어 하는 인간들이나 알버트의 외모에 끌려 접근하는 여자들.

하지만 눈앞에서 총격전이라도 일어나면 너나없이 달아난다.

카르디아 섬은 로렌티가가 지키고 있는 섬이다.

카르디아 섬은 로렌티가가 보이지 않는 곳에서 줄곧 피를 뒤집어쓰고 있는 섬이다.

적을 향한 무자비함은 외적에 대한 견제이고, 동료에 대한 살벌한 숙청은 조직의 규율을 위한 것이다.

그것을 이해하고 피투성이가 된 알버트의 곁에 남아주는 사람은 얼마 없다. 조직원들조차 피의 맹세라는 계약을 맺어 조직에 충성하게 하고 있으니까.

그래서 로렌티가와는 전혀 상관없는 리타가 타산도, 아

첨도 없이 알버트의 곁에 있어주는 것이 너무나도 신기할 따름이었다.

여기서 도망치지 않을 거야, 라고 적혀 있던 글자가 사람을 줄곧 의심하며 살아오느라 피폐해진 알버트의 마음속에 스며들었다.

'좋아, 깨끗해졌어.'

비가 세차게 내리던 어제와는 달리, 오늘은 아침부터 햇살이 강했다.

진흙으로 엉망이 되어 있던 현관도 더위로 완전히 말라 있었다. 빗자루로 마른 진흙을 밖으로 쓸고 있자, 외출하는 조직원들이 리타에게 말을 걸었다.

"오오, 땡큐."라든가 "고마워."라든가. 그 사소한 한마디가 리타는 정말 기뻤다. 방에 틀어박혀 있었다면 몰랐던 감정이다. 바람에 쓸려 온 쓰레기와 나뭇잎 등을 한곳으로 모은 후, 후우, 하고 숨을 돌리며 땀을 닦았다.

"수고하네."

또다시 누군가가 말을 걸자, 리타는 목소리가 들린 쪽을 돌아보았다.

조직원이 아니라 알버트였다. 알버트가 다가오더니 리타에게 손을 뻗었다. 그리고 놀란 리타의 머리를 만지더니, 솜먼지를 떼어주었다.

아, 뭐야, 먼지잖아……? 라고 안도한 리타의 얼굴을 본 알버트가 장난스럽게 웃었다.

"……그렇게 놀라지 마. 갑자기 키스하진 않을 테니까."

'그……그런 건 나도 알아!'

어젯밤에 이마에 입술이 닿았던 감촉을 떠올리곤 리타는 동요하고 말았다.

예전 같으면 알버트의 일거수일투족에 무슨 꿍꿍이가 있을 거라고 의심했겠지만, 지금 그건 단순히 자신을 놀리고 있을 뿐이라는 걸 안다.

'……왠지 알버트의 태도가 조금 부드러워진 것 같아.'

다정한 눈으로 자신을 바라보니 이상한 기분이 들었다.

알버트가 자신을 어떻게 생각하든 상관없었는데, 대충 묶은 머리나 마르다에게서 받은 밋밋한 에이프런, 지저분해져도 되는 수수한 복장이 갑자기 신경 쓰이기 시작했다.

출입구에 세워 놓았던 스케치분을 끌어당겨 어떻게 반응하면 좋을지 고민하고 있자, 그런 미묘한 분위기를 깨듯이 저택 안이 소란스러워졌다.

"이 자식, 거기 서!"

성난 에밀리오의 목소리가 날아왔다. 우다다다다, 계단을 뛰어 내려오는 소리가 울렸다. 발소리는 뒷문 쪽을 향했다.

"무슨 일이지?"

총성은 들리지 않았다. ……들리지 않았으니 아마 위험한 일은 아니겠지만…….

다른 조직원들도 하나둘씩 얼굴을 드러냈다. 에밀리오의 뒤를 쫓는 사람, 방으로 돌아가는 사람, 각자 흩어졌다. 에밀리오의 목소리는 아직도 들려왔다.

뒤뜰 쪽이 소란스러웠기에 리타는 알버트와 함께 밖을 빙 돌아 저택 반대쪽으로 향했다.

"아~ 바보야! 쓸데없이 위로 몰면 어떡해!"

"시끄러워! 입 다물고 있어! 나도 진지하다고!"

로렌티가의 뒤뜰에는 저택의 내부가 밖에서 보이지 않도록 가리는 의도도 담아 2층 창문 높이 정도까지 성장한 나무가 잔뜩 심어져 있었다. 그중 한 그루에 날씬한 조직원이 올라가 있는 것 같았다.

"무슨 소란이야?"

"알버트 님."

사정을 아는 젊은 조직원이 나무 위를 가리켰다. 녹색 나뭇잎 안에 하얗고 동그란 덩어리가 앉아 있는 것이 보였다.

'아……. 고양이다.'

하얀 아기 고양이가 높은 나무 위에서 움직이지 않고 있었다.

"에밀리오 씨가 저 고양이를 쫓아다니니까 무서워서 나무 위로 올라가선 내려오질 못하고 있어요."

"……왜 또 고양이를 쫓아다니는 거야?"

알버트는 기가 막히다는 듯이 에밀리오를 쳐다보았다.

"그야 저 고양이! 옷장에 넣어 둔 내 슈트를 죄다 털투성이로 만들어 놨단 말이야!"

"애초에 왜 저택 안에 고양이가 있는 거야?"

"몰라. 어디서 멋대로 들어왔거나, 아니면 누가 주워 왔겠지……."

뜨끔해선 과장스러울 정도로 몸을 움츠린 조직원 중 한 사람이 손을 들었다. 숨길 수 없다고 판단했는지, 자신이 주워 왔다고 자수했다.

"죄송합니다. 비도 오고, 불쌍해서……."

"그래서 데려온 건 좋았지만, 도망친 거야?"

"……제 방문이 열려 있어서……. 아니, 저도 찾았어요! 찾았는데, 보이질 않더라고요."

그 결과, 문이 열려 있던 에밀리오의 옷장으로 숨어든 것 같았다.

슈트가 엉망이 된 에밀리오는 화가 잔뜩 나 있었다.

"너, 고양이 털 청소해라? 슈트에 붙은 털, 싹 떼어 내!"

"죄죄죄, 죄송해요……."

에밀리오에게 싹싹 빌고 있는 조직원의 옷깃에서 액세서리가 빛났다.

이 저택에 온 지 얼마 안 된 무렵, 리다와 복도에서 부딪친 청년이었다. 알버트까지 나타나는 소동이 벌어져 허둥대고 있었다.

머리 위에 있는 아기 고양이는 자신에게 접근하는 인간에게 겁을 먹은 것 같았다.

"여어~, 거기 조심해."

"조심하고 있어! 제길, 나뭇가지와 잎이 방해돼……."

나무 위에 있는 조직원은 아기 고양이에게 손을 뻗었다.

아기 고양이가 뒤로 주춤하자 그 무게로 인해 가지가 휘었고, 균형을 잃은 아기 고양이는 나무에서 미끄러져 떨어졌다. 리타는 놀라 숨을 삼켰다.

"위험해!"

덩치 큰 남자들이 고양이의 낙하 지점으로 뛰더니 그대로 엉겨서 넘어졌다.

아기 고양이는 그들의 머리를 쿠션 대신 밟아 무사했다. 그리고 남자들에게서 떨어진 다음, 크게 도약했다.

아기 고양이가 뛰어든 곳은 알버트의 가슴이었다. 순간적으로 덥석 받아 안은 알버트가 난감해하고 있었다.

'……이 애, 여자애구나.'

얼굴을 많이 밝히는 고양이일지도 모른다.

"……어떻게 해야 돼?"

고양이를 내려다보는 알버트의 품 안에서 아기 고양이는 몸을 둥글게 말고 있었다. 대모험을 한 탓인지 하얀 털은 흙먼지로 더러워져 있었다.

리타는 손을 뻗어 살며시 아기 고양이의 머리를 만져보았다.

귀 뒤쪽을 만져주면 기분이 좋은지, 알버트에게 안긴 채 그릉그릉 목을 울렸다.

"자, 리타."

'응? 안는 건 됐어. 안아본 적이 없어서 무섭단 말이야.'

"왜 도망쳐? 안 무서워."

'으응? 그야 알버트의 품 안에서 아늑해 보이는걸……?'

시선을 느끼고 얼굴을 들자, 알버트와 리타가 고양이를 서로에게 떠맡기고 있는 모습을 넘어진 조직원들과 죄송하다며 싹싹 빌고 있던 젊은 청년이 멍하니 쳐다보고 있었다.

"왜?"

"아, 아니……, 알버트 님도 그런 표정을 지으시네요……."

"……어떤 표정?"

의아해하는 알버트의 얼굴은 평소보다 훨씬 부드러웠다.

늘 빈틈이 없는 데다 완벽한 미소를 짓고 있는 알버트에 비하면 훨씬 친근감이 느껴질 것이다.

"죄, 죄송합니다, 알버트 님! 그 고양이는 당장 버리고 오겠습니다! 그보다 저기, 옷이……."

아기 고양이가 얼굴을 비벼 댄 탓에 알버트의 와이셔츠에 털과 흙이 잔뜩 묻어 더러워지고 말았다. 아, 하고 알버트는 신경 쓰지 않는다는 듯이 지저분해진 곳을 털었다.

"……버릴 필요는 없잖아? 저택에 그냥 둬. 다들 옷장은 조심해야 할 것 같지만."

억지로 넘겨받은 리타의 품 안에서 아기 고양이가 야옹 하고 울었다.

"……고양이 털을 붙이고 다니는 마피아는 힘이 없어 보이니까."

"그렇지."

험상궂게 생긴 조직원들이 껄껄 웃었다.

어쩔 줄 몰라 하던 고양이를 주워 온 장본인도 안도한 듯이 머리를 숙였다.

"알버트 님, 죄송합니다! 그리고 감사합니다!"

"야, 알버트한테 사과하기 전에 내 옷이나 어떻게 좀 해봐."

"네! 네, 바로 하겠습니다!"

온화한 웃음이 일었다.

웬일로 조직원들과 알버트가 교류하고 있는 모습을 보며 리타는 작게 웃었다.

아기 고양이는 결국 처음에 주워 온 조직원이 중심이 되어 돌보기로 했다. 하지만 한 지붕 아래에서 지내고 있기 때문에 다른 조직원들도 고양이를 돌보게 될 것이다.

고양이 털이 잔뜩 묻은 에밀리오의 슈트—에밀리오의 옷장 속은 검은색 옷 천지였다. 전부 같은 스타일의 슈트인 이유는 위아래 중 한쪽이 망가져도 계속 입을 수 있기 때문이라고 한다—청소를 도운 리타는 오후에 스테파노의 진찰을 받을 예정이었다.

다른 방에서 기다리고 있던 스테파노는 리타의 모습을 보고 놀란 것 같았다.

뭐가 이상한가? 하고 고개를 갸웃한 리타를 보며 스테파노는 황급히 손을 내저었다.

"아, 미안해요. 생각보다, 저기……, 잘 지내는 것 같아서."

스테파노를 만나는 것은 이 저택에 온 날 이후로 처음이었다.

그때 리타는 계속 아래만 보고 있었던 데다, 표정도 굳어 있었다. 리타는 건강해진 자신을 보고 놀란 걸지도 모른다고 납득했다.

《이제 몸도 많이 좋아졌어요.》

하지만 스테파노가 놀란 것은 다른 이유인 듯했다.

"그건……, 다행이네요. 아, 아뇨, 그게 아니라. ……신문을 보고 계속 걱정했어요. 진수식 때 무서운 일을 겪었죠?"

'신문? 아, 제논 일행에게 납치당했을 때…….'

마피아의 저택에서 잘 지내고 있는 리타는 스테파노가 보기엔 이상할지도 모른다. 밀레나는 잔뜩 겁에 질려선 바짝 야위어 있었다. 보통은 리타도 이 저택에서 겁에 질려 있을 것이라고 생각할 것이다.

《걱정해주셔서 감사합니다. 하지만 괜찮아요.》

"……내 앞에선 무리하지 않아도 돼요."

《아뇨. 무리하는 것 아니에요.》

스테파노는 가엾다는 듯한 얼굴로 리타를 쳐다보았다. 부정하면 부정할수록 스테파노의 눈에는 리타가 억지로 기운을 내고 있는 것처럼 보이는 듯했다.

"리타 씨, 당신은 아직 젊어요. 그들이 무서워서 거역하지 못하는 거잖아요?

범죄자들의 사고방식에 물들어선 안 돼요."

리타는 깜짝 놀랐다.

세레노에 사는 사람들은 다들 로렌티가에 호의적이라고 생각했기에 저택에 출입하는 스테파노가 마피아를 좋게 여기고 있지 않는 발언을 한다는 게 의외였던 것이다.

《그렇지 않아요. 그들은 확실히 무서운 점도 있지만, 좋은 점도 있어요.》

리타는 자연스럽게 로렌티가를 옹호하고 말았다.

범죄를 환영할 마음은 없지만, 마피아이기 때문이라는 이유로 그들의 인간성을 부정할 생각도 없다. 이 저택에서 지내며 그들의 일상을 엿보면서 그런 생각을 하게 되었다.

지위가 있어도, 간판이 멋져도 사람을 사람으로조차 취급하지 않는 사람도 있다.

올가와 살았을 때 들이닥치던 관리들도 그랬다. 그들은 '멀쩡한 직업'을 가졌다고 할 수 있을지도 모르지만, 주민들을 세금 징수 상대로밖에 여기지 않았다.

로렌티가는 적에게는 가차 없지만, 섬 주민을 상대로는 폭력을 휘두르거나 터무니없는 소리를 하지 않는다.

"그 주장이 통하는 건 이 카르디아 섬뿐이에요. 범죄자들에게도 좋은 점은 있겠죠. 하지만 범죄자는 범죄자예요. 죄는 정당화되어선 안 돼요. ……오늘은 당신에게 좋은 얘기를 가져왔어요."

스테파노는 주머니에서 편지를 꺼냈다.

'이건……?'

봉투에는 명문 대학 이름이 들어간 인장이 찍혀 있었다.

내 지인이 근무하는 대학이에요, 라고 스테파노는 말했다.

"……만약 당신이 이곳을 떠나고 싶다면 난 당신을 도와줄 수 있어요. 지인에게 당신 얘기를 했더니 꼭 와달라고 하더군요."

'뭐……?'

"그는 권위도 있고, 자금도 있어요. 당신을 마피아로부터 살 수도 있어요. 돈에 팔려 가는 건 불쾌하겠지만……, 그래도 당신은 자유가 될 수 있어요."

……자유? 그 말을 곱씹듯이 마음속으로 중얼거렸다.

매력적인 단어임에도 리타는 기뻐할 수 없었다.

만약 암시장에서 제일 먼저 손을 내밀어줬다면 리타는 기꺼이 그 손을 잡았을 것이다. 다행이라고 여기면서. 하지만 지금은…….

'여기서 나가고 싶지 않아.'

범죄자들인 데다, 잔인한 짓을 하는 장면도 보았다. 하지만 다정한 일면이 있는 것도 알았다.

알버트에 대해서도……. 더, 자세히 알고 싶다.

스테파노는 곧바로 고개를 끄덕이지 않는 리타를 신기한

듯이 쳐다보았다.

“왜 고민하는 거죠? 당신은 그들의 동료가 아니라고요.”

동료가 아니다.

스테파노의 말은 리타의 마음을 찔렀다.

조금은 로렌티가에 익숙해졌다고 생각했다. 도움이 되지 않아도 있을 곳을 찾은 듯한 기분이었다.

하지만 아무리 그들과 친해졌다고 해도 그곳에는 투명한 유리 한 장이 끼워진 거리가 있었다. 리타는 마피아의 일원이 아니다. 진정한 의미로 로렌티가의 동료가 아니었다.

“듣자 하니 로렌티가에선 당신이 타고 있던 그 차에도 총을 쐈다면서요? 자칫했다간 사고 나서 죽었을지도 모른다고요!”

“그건……, 그땐…….’

그때 리타는 알버트에게 편리한 약혼자라는 위치일 뿐이었기 때문이다. 죽어도 어쩔 수 없다는 정도로 여겨졌을지도 모른다.

‘지금은?’

만약 같은 상황에 처하면 알버트는 리타를 구해줄까?

인정받았다고 느끼는 건 리타뿐. ……알버트가 꼭 같은 마음이라곤 할 수 없다.

이곳에 있어달라는 말은 한 번도 들은 적이 없기 때문이다.

“약혼자라는 달콤한 말에 속아……, 결국 당신은 그에게 이용당하고 있는 거예요!”

언성을 높인 스테파노는 문득 정신을 차린 듯이 헛기침을 했다.

“난 당신을 걱정해서 그러는 거예요. 만약 여기서 나갈 거라면 서두르는 편이 좋아요.”

한번 잘 생각해보세요.

그렇게 말한 스테파노는 리타의 어깨를 두드렸다.

오래된 종이 냄새는 리타의 마음을 진정시켰다. 어둡고 먼지가 쌓인 듯한 냄새는 올가와 살던 집을 떠올리게 해주기 때문일지도 모른다.

자유롭게 사용해도 된다고 허락받은 서고는 엄청난 장서량을 자랑했다.

미로처럼 쭉 놓인 책장에는 온갖 책과 신문이 잡다하게 꽂혀 있었다.

역사서, 경제학 책, 의학서, 오락용 전기(戰記), ‘근사한 파티 요리’ 같은 에세이까지.

하지만 마피아의 저택이라는 성격상, 남자들의 출입이

잦을 것이다.

여자 다리가 찍힌 포르노류의 사진이 책 사이에서 팔랑거리며 나타났을 땐 리타조차 얼굴을 붉히며 당황했다. 누군가가 책갈피 대신에 껴 놓은 듯했다.

리타는 어떠한 책을 찾았다.

스테파노가 갖고 있던 봉투에 찍힌 인장의 대학에 관련해 알 수 있는 것이 있을까 해서였다. 의사인 그가 거짓말을 할 이유는 없겠지만, 알아보니 제대로 실존하는 대학이었기에 그 점에 관해서는 허구가 아니라 안심했다.

대학 소재지는 레갈리아 본토가 아니라 그에 인접하는 나라였다.

'레갈리아 공화국도 마피아에 관해서는 해마다 단속이 강화되고 있어. 로렌티가의 권력도 카르디아 섬에 한정된 얘기일 거야.'

만약 리타가 진심으로 도망칠 생각으로 스테파노의 제안을 받아들이면 이곳에서 달아날 수 있다. 그리고 만약—아주 만약 알버트가 리타를 쫓아왔다 하더라도—타국에서 로렌티가가 사건을 일으키면 레갈리아 공화국도 움직이지 않을 수 없다.

알버트는 위험을 무릅쓸 바엔 리타를 놓아줄 것이다.

범죄자는 범죄자다. '리타는 동료가 아니다.' 그렇게 말한 스테파노의 말이 리타의 가슴에 천천히 아픔을 선사했다.

마피아의 일원도 아닌 데다, 알버트의 약혼자라곤 하지만 그것도 이름뿐인 리타. 이도 저도 아닌 상태에서 손을 놓으면 이곳은 허망하게 사라지고 말 것이다.

야옹, 고양이 울음소리를 듣고 점점 침울해지던 리타는 퍼뜩 정신을 차리곤 소리가 난 곳을 보았다. 아기 고양이는 리타의 발밑에서 누군가의 넥타이를 입에 물고 있었다.

'아, 또 혼난다?'

오늘은 누구의 옷장에 몰래 들어갔을까?

전리품을 입에 문 고양이는 그대로 서고 안쪽으로 들어가버렸다. 넥타이를 뺏을 생각으로 리타가 뒤를 쫓자, 아기 고양이는 어딘가로 숨고 말았다.

'어디 갔지……?'

바람을 느끼곤 고개를 들자, 서고 안쪽 발코니로 이어지는 문이 몇 센티미터 열려 있었다.

'거기로 나갔구나.'

그리고 문 틈으로 얼굴을 내민 리타는 그곳에 있던 인물을 보고 깜짝 놀랐다.

하얀색으로 칠해진 작은 발코니에 오후의 햇빛을 받으며 흔들리는 상록수의 그림자.

울타리에 기댄 채 다리를 쭉 뻗고 앉아 알버트가 낮잠을

자고 있었다.

그의 자는 얼굴이 너무나도 온화한 나머지, 평소엔 빤히 보는 일이 없는 알버트의 얼굴을 가만히 쳐다보고 말았다. 평소의 가식 미소가 없는 것만으로도 인상이 확 달라 보였다.

왁스로 가볍게 넘긴 흑발, 늘 세련된 슈트 차림.

저택에 있을 때도 알버트는 복장에 신경을 쓰며, 언제 봐도 빈틈이 없다. ……빈틈이 없는 것처럼 보이고 있다고 해야 할까? 이렇게 젊은 나이에 조직을 이끌어 가야 하다니, 리타는 상상조차 할 수 없었다.

무릎에 앉은 아기 고양이의 무게를 느끼곤 알버트가 눈을 떴다. 눈이 마주치는 바람에 리타는 당황했다.

《미안. 나 때문에 깼어?》

"아니, 이 애 때문에."

아기 고양이가 알버트에게 몸을 부비부비 문지르고 있었다.

"이 애, 이름은 정해졌어?"

《아니. 다들 자기 마음대로 부르고 있어.》

고양이를 주워 온 조직원은 근사한 이름을 지어주고 싶어 했지만, 에밀리오는 털뭉치라고 부르고, 마르다는 야옹이라고 부르며, 다른 남자들도 몸을 웅크린 모습이 모차렐라 치즈와 닮았다느니, 하얀색이니까 흰둥이라느니, 그야말로 엉망진창이었다.

이러니저러니 해도 조직원들에게 귀여움을 받고 있기 때문에 털에서도 윤기가 자르르 흐르는 데다, 목줄까지 달고 있었다.

《참 다행이야. 로렌티가에 오게 돼서.》

"그러게. 주워 온 녀석은 여기서 몰래 기를 속셈이었을까?"

《당신한테 들켰을 때 잔뜩 당황해선 버리고 온다고 한 걸 보니 허락을 안 해줄 거라고 생각했던 것 아닐까?》

"애도 아니니까 주워 온 시점에서 이미 정이 든다는 걸 알고 있을 텐데……."

알버트가 장난감 대신에 넥타이를 잡고 흔들었다. 아기 고양이가 물고 온 누군가의 넥타이였다. 아기 고양이는 기뻐하며 흔들리는 장난감에 달려들었다.

'정……. 나도 알버트에겐 고양이를 주워 와 저택에 살게 하는 것과 별다를 것 없는 걸까……?'

만약 이 저택을 나가고 싶다고 하면……. 그렇게 한번 물어보고 싶다는 마음이 들었지만, 알버트가 차갑게 대할까 봐 무서워진 리타는 고개를 흔들어 약한 마음을 내쫓았다.

밝은 얘기를 하고자 스케치북의 페이지를 넘겼다.

《있잖아, 그 후에 뒤뜰에 있는 나무들 가지치기를 했더니 가지가 한가득 나왔지 뭐야. 아직 태워도 잘 안 타니까

사람들이 가지가 마르면 바비큐라도 하자고 하던걸?》

"여기서 한다고?"

《응. 옛날에는 뜰에 테이블을 놓고 다 같이 자주 먹었잖아?》

고참 조직원들이 그렇게 말했다. 다 같이 모여 시끌벅적하게 떠들며 식사를 했다는 얘기를 듣고 참 즐거울 것 같다는 생각이 들었다. 로렌티가는 많은 사람들이 드나드는 것치곤 다 같이 모여 식사를 하는 기회가 없었다.

"아, 그러게. 괜찮네."

알버트는 반대하지 않았지만, 어딘가 남 일 같은 반응을 보였다. 관심이 없는 것 같았다.

《알버트는 참가 안 해?》

"난 됐어. 넌 참석하고 싶으면 참석해서 재미있는 시간 보내고 와."

《왜?》

다 같이 모여서 즐겁게 식사하면 좋을 텐데.

쓸데없는 참견일 수 있지만, 그런 생각이 들어 그만 집요하게 물어버렸다.

조직원들은 알버트와 거리를 두고 있지만, 알버트도 그들에게 벽을 쌓고 있는 것처럼 보였다.

"내가 없는 편이 다들 마음 편히 즐길 수 있잖아?"

《그렇게까지 말할 필요는…….》

"패밀리가 총출동해서 친목회를 할 필요도 없고, 모이고 싶은 사람만 모이면 돼. 조직에 충성을 맹세했지만 나를 탐탁지 않게 여기는 파벌이 있는 것도 알아. 그러니 내가 있어봤자 다들 괜히 신경 쓰느라 즐겁지도 않을 거야."

차갑게 내치는 말투였다.

알버트는 조직 사람들과 친하게 지낼 생각이 없는 것 같았다.

《로렌티가를 싫어해?》

그렇게 썼다가 곧바로 이중선을 그어 지웠다.

싫어하지는 않을 것이다. 알버트는 싫지만 할 수 없이 보스를 하고 있는 것이 아니다. 일도 맡은 바 제대로 잘 하고 있고, 그 나름대로 조직을 생각하고 있다. 하지만 좋아서 이 지위에 있는 것도 아닌 것 같았다.

무슨 말을 해야 할지 몰라 손이 멈춰버린 리타를 향해 알버트는 고양이와 놀아주던 손을 멈추고 미소를 지었다. 그러더니 이중선으로 지운 질문을 향해 시선을 힐끗 떨구었다.

"……난 로렌티가의 핏줄이 아니라는 소문이 있어."

'뭐?'

알버트는 놀란 리타에게 별 얘기 아니라는 듯이 어깨를

으쓱했다.

"저택에 있는 녀석들은 대부분 아는 얘기니까, 조직원 중 아무한테나 물어보면 대답해 주겠지만……."

알버트의 부친 베르나르도 로렌티는 카사노바였다.

세레노뿐만 아니라 카르디아 섬 전체에서 염문이 자자했고, 그러던 중 알버트의 모친 리비아를 어디선가 데려왔다.

윤기가 흐르는 흑발, 심녹색 눈동자를 가진 요염한 미녀. 그녀 또한 수많은 남성들의 구애를 받고, 수많은 남성들에게 실연을 안긴 여성이었다. 그리고 베르나르도와 불타는 연애 끝에 알버트가 태어났다.

리비아와 똑 닮은 이목구비가 또렷한 예쁜 아이. 알버트는 성장하면서 어른들로부터 의심의 눈초리를 받기 시작했다.

– 저 녀석, 정말로 로렌티가의 핏줄 맞아?

베르나르도의 외모를 전혀 닮지 않은 것.

막무가내인 데다 엉뚱하고 무모함의 끝을 달리는 남자였던 베르나르도와 달리, 알버트는 내향적인 성격이었던 것.

그리고 리비아 본인이 다른 남자의 아이가 아니냐는 질문에 부정도 긍정도 하지 않았던 것.

어린 알버트는 자신에게 향하는 시선을 민감하게 감지했

다. 겉으로는 호의적으로 대해주는 사람이 뒤에서는 리비아나 알버트를 의심하고 있다는 것도.

– 이 아이는 로렌티가의 아이다.

카리스마가 있던 부친과 은퇴하고 나서도 많은 조직원들의 존경을 받았던 할아버지의 말이 있었기 때문에 알버트는 인정받은 것이나 다름없다.

하지만 베르나르도가 죽자, 리비아는 어린 알버트를 두고 로렌티가에서 나가버렸다. 지금도 들려오는 방탕한 소문이 알버트와 베르나르도가 한 핏줄이 아닐지도 모른다는 의혹을 더더욱 증폭시키고 있었다.

“확실히 난 아버지나 할아버지를 닮지 않았어. 얼굴도, 사고방식도. 하지만 두 사람처럼 거칠고 제멋대로인 방식으론 이 시대에서 살아남을 수 없어. 실제로 아버지도 앞뒤 생각하지 않고 벌인 항쟁에 휘말려 목숨을 잃었고…….”

나뭇잎이 초여름의 바람에 흔들렸다.

평온하고, 세상과 따로 분리된 것 같은 작은 공간에는 리타와 알버트밖에 없었다. 리타는 담담하게 얘기하는 알버트의 옆얼굴을 가만히 바라보았다.

“아버지와 할아버지는……, 뭐라고 설명해야 할까. 인정미 넘치는 성격이라 사람들이 많이 따랐거든. 그러니까 그

두 사람과 정반대인 내 방식을 탐탁지 않게 여기는 사람이 있는 건 당연한 일이야. 그건 나도 처음부터 각오했고, 무리해서 모두와 친해질 필요는 없어."

너도, 라고 알버트가 말을 잇자, 리타는 가슴이 덜컥했다.

"……약혼자라는 일만 해주면 되는 사이. 그 정도로 충분했어. 다른 곳에서 조용히 지내게 할 생각이었는데……."

《나, 이곳에 있어도 돼?》

리타가 용기를 내어 적었다.

알버트가 리타의 머리로 손을 뻗었다. 그러더니 고양이에게 하듯이 머리를 쓰다듬고, 머리카락을 뒤로 사르륵 넘겼다.

"안 된다고 말할 수 없어서 곤란하군. ……나도 정이 생긴 건가?"

리타의 마음에 불이 붙었다.

알버트가 이곳에 있는 것을 허락한다는 안도감과.

이 사람의 곁에 있고 싶다.

그런 마음이 생겨나자, 펜을 꽉 쥐었다.

싫은 부분이나 무서운 모습은 많이 봐 왔지만, 망설임이 깃든 표정에서는 그 나이다운 근심과 고뇌가 배어 나오고 있었다. 그런 불안정한 인간다움이 리타의 마음을 사로잡았다.

약하고 연약한 부분은 자신이 지탱해줄 수 있을 것 같았다. 아주 잠깐이라도 고양이를 보살피는 듯한 마음이라도 좋으니 그의 곁에 있는 것을 허락해 주었으면 좋겠다.

'난 역시 알버트를 믿고 싶어. 믿었다가 만약 스테파노 선생님의 말대로 가혹하게 배신당한다 하더라도……, 내가 납득한다면 그걸로 충분하지 않을까?'

알버트는 고독하고, 굉장히 외로운 사람이다.

……사실은 혼자가 아니다. 에밀리오, 마르다, 그 외 많은 사람들이 그의 버팀목이 되어주고 있음에도 그가 그것을 거부하고 있다. 리타의 눈에는 그 모습이 그저 안타까웠다.

《나, 당신에 대해 더 알고 싶어.》

"……왜 그래? 꽤나 적극적이네."

놀리는 말투로 그렇게 말한 알버트에게, 리타는 진지하게 펜을 놀렸다.

《가식쟁이인 당신보다 약한 점이나 신랄한 점도 있다는 것을 알게 된 지금의 당신을 더 좋아하니까. 로렌티가 사람들도 분명히 당신에 대해 알면 당신에게 더 다가서려 할 거야.》

열심히 펜을 놀린 이유는 알버트가 동료들을 소중하게 여겨주길 바랐기 때문이다. 있을 곳이 없었던 리타는 로렌티가에서 겉도는 존재인 알버트에게 자신을 겹쳐 보고 말았다.

"어렸을 적에 에밀리오한테서도 똑같은 말을 들었어. 하지만 난 그런 숨막히는 관계는 질색—."

《로렌티 '패밀리'잖아?》

될 대로 되라는 식으로 말하는 알버트의 말을 가로막듯이 글자를 적어 나갔다.

《혈연관계가 아니더라도 서로를 '가족'이라 부를 수 있는 게 난 정말 부러워. 그러니까 소중히 여겨줬으면 좋겠어.》

누구나 모두 알버트의 앞에서 도망치는 건 아니라는 말을 전하고 싶어서 열심히 손을 움직였다.

"……이제 됐어."

기가 찬다는 듯한 목소리.

알버트는 리타의 손목을 잡아 스케치북 위에서 이어져 가던 그녀의 말을 제지했다.

"그런 식으로 누가 내 일에 참견하는 게 싫어서 사람들과 거리를 두며 살아온 거야."

'……그렇겠지.'

참견이 지나쳤다. 열변을 토해 내던 글자의 나열을 보곤 부끄러워졌다. 저도 모르게 미안하다고 쓸 뻔했다.

"날 걱정해봤자 너에겐 아무런 이득도 없는데. 마피아의 본거지 같은 데에 있고 싶다고 하다니, 넌 정말 바보야. 안전하고 편하게 살 수 있는 방법도 많은데, 왜 이런 곳에서 노력하는 건지 난 전혀 이해가 안 돼. 하지만.”

알버트가 한숨 섞인 목소리로 중얼거렸다.

“너 같은 애가 곁에 있는 것도 나쁘지 않다고 생각하는 내가 이상한 길까……?”

‘!’

기쁘다는 감정이 제일 먼저 솟구쳐 올랐다.

다른 사람이 자신의 영역으로 발을 들이는 것을 좋아하지 않는 알버트가 마음을 허락해준 것 같은 기분이 들어서…….

시끄러울 정도로 심장이 쿵쿵 뛰었다. 리타는 얼굴을 붉히며 고개를 숙였다.

손목이 잡힌 손을 어느샌가 알버트가 잡고 있었다.

“……여기 있어줄래?”

알버트가 묻자, 리타는 고개를 끄덕였다.

그 말은 지금 이때뿐일까? 아니면 앞으로도 로렌티가에 있어도 된다는 뜻일까……? 본인 편한 대로 해석해버릴 것 같아서 곤란했다. 리타는 알버트가 잡아준 손을 먼저 뗄 수 없었다.

깍지를 낀 채 고개를 휙 돌린 알버트와 잡은 손에 수줍게 힘을 주었다. 그러자 알버트가 말없이 마주 잡은 손에 힘을 꽉 주었다.

아기 고양이는 어느샌가 서고 안으로 사라져 있었고, 발코니에는 리타와 알버트 두 사람밖에 없었다.

커다란 식당 창문으로 햇빛이 한가득 들어왔다.

식사가 담긴 쟁반을 손에 든 조직원들이 모이기 시작하면서 오늘도 하루가 시작되려 했다. ……하지만 평소와는 다른 광경에 조직원들은 눈을 휘둥그렇게 떴다.

"응……? 알버트 님……?"

여태껏 식당에서는 본 적이 없었던 로렌티가의 보스가, 말단 조직원들과 같은 음식을 쟁반에 담아 걷고 있다니?!

아침은 에스프레소만으로 충분하다고 할 것 같은 미남이.

비싼 리스토란테에서 웨이터가 가져다주는 음식이 아니면 손도 대지 않을 것 같은 보스가.

대체 무슨 심경의 변화지?!

조직원들은 목소리와 태도로는 차마 드러내지 못한 채 조용히 술렁거렸다.

구석 자리에서 그 모습을 보고 있던 리타는 알버트가 똑바로 자신을 향해 온 것을 보고 깜짝 놀랐다. 그리고 마시고 있던 카페라테를 뿜을 뻔했다.

"좋은 아침, 리타."

《좋은 아침.》

주위의 시선과 귀가 집중되는 것을 느끼면서 리타가 물었다.

《웬일이야?》

알버트는 리타의 옆자리에 앉았다.

"가끔은 식당에서 먹는 것도 나쁘지 않을 것 같아서. ……무슨 문제 있어?"

《당연히 없지.》

"……네가 말했잖아. 모두에게 더 다가가라고."

그래서 할 수 없이 왔다는 듯이 새초롬한 얼굴로 토마토수프에 스푼을 넣었다. 보아하니 알버트 나름대로 조직원들과 거리를 좁히려고 하는 것 같았다.

'내 말이……, 알버트에게 닿았구나.'

설마 정말로 알버트가 패밀리와 어울리는 방식을 바꿔주리라고는 생각지 못한 리타는 조용히 동요했다. 기쁘다. 달콤새큼하고 눈물이 날 것 같은 마음을 얼버무리듯이 리타는 카페라테가 담긴 컵에 입을 대곤 얼굴을 가렸다.

'……나, 얼마 전부터 자꾸 왜 이러지?'

알버트의 언동을 의심하기는커녕 두근거리고, 기뻐하고, 간지러운 듯한 이 기분은 대체 뭘까? 족쇄처럼 여겨졌던 왼손에 끼워진 약혼 반지가 어느샌가 소중한 것이 되었다.

'이름뿐인 가짜 약혼자가 아니라, ……알버트의 버팀목이 되어주고 싶어.'

마음속에 싹튼 아련한 감정이 조직원들의 시선에도 기죽지 않는 힘을 주었다.

주위의 시선을 느끼면서도 알버트는 태연한 얼굴로 식사를 이어 갔고, 리타 또한 그를 따라 시치미를 뗀 얼굴로 입을 움직였다.

스테파노는 예정된 진료 시간보다 조금 일찍 찾아왔다. 웬일로 재킷을 입고, 얇은 진료 가방이 아니라 짐이 가득 담긴 보스턴백을 들고 있었다.

"여길 나갈 결심은 섰나요?"

스테파노는 진지한 얼굴로 물었다. 리타가 고개를 끄덕이면 분명히 당장이라도 이곳에서 나갈 수 있도록 준비를 해 왔을 것이다. 리타는 고개를 가로저었다.

《저는 이곳에 남겠어요.》

이 대답은 예상하지 못한 듯했다. 스테파노는 화들짝 놀라며 물었다.

"어째서?"

하지만 곧 납득한 표정을 지었다.

"……아, 협박당했군요."

그렇지 않다. 리타는 또다시 고개를 가로저었다.

"그럼 왜 거절하는 거죠? 이 기회를 놓치면 이곳에서 평생 나가지 못할지도 몰라요. 사건에 휘말려 죽을 가능성도 있다고요."

스테파노의 목소리는 진지함 그 자체였다.

유명 대학의 보호를 받는 것보다 마피아의 저택에 있고 싶다고 하는 생각을 전혀 이해하지 못하겠다는 듯이 이마를 짚었다.

스테파노는 이해하지 못할 것이다.

하지만 리타는 이 저택에 애착을 갖기 시작했다. 만약 지금 알버트가 필요 없으니 나가라고 쫓아내려 해도 이곳에 있게 해달라고 매달릴 것이다.

《걱정해주셔서 감사합니다. 하지만 저는 이곳에 있는 사람들을 좋아하고, 함께 있고 싶어요.》

"범죄자들이에요."

정의감이라 해야 할까? 스테파노의 말투는 흔들림이 없

었다.

《알아요. 그래도 저는 그들과 함께 있을 거예요.》

더 이상 할 말은 없다.

스테파노는 리타의 굳은 결의에 결국 꺾였다. 한숨을 후우 내쉬더니 고개를 숙였다.

"그렇군요. ……이곳을 나가는 편이 좋다는 건 나의 쓸데없는 참견이었던 것 같네요."

정말로 나갈 생각이 없는 건가요? 라고 묻자, 리타는 고개를 끄덕였다.

"……미안해요. 당신이 여기서 나가는 데에 찬성해줄 줄 알고 주제넘게 나서버려서……. 마음이 조급해져서 예전에 얘기했던 지인을 이 섬에 이미 불러 놨어요."

'뭐?'

그 말을 들은 리타는 놀라 경계했다.

스테파노는 머리를 푹 숙였다.

"가능하다면 그와 직접 만나줄 수 없을까요? 그는 내 연구에 찬동해주고 있는 데다, 당신의 후견인이 될 예정이었어요. 그럴 생각으로 섬에 와 있고요. 그러니까, 저기……."

《제가 직접 거절해달라는 말씀인가요?》

"미안해요. 이런 걸 부탁할 입장이 아니란 건 알고 있지만……."

그 모습을 본 리타는 스테파노도 진심으로 자신을 걱정해줬던 것이 아님을 깨달았다.

희귀한 오로를 발견했다고 지인에게 알려 자신의 공적으로 삼고 싶었을 뿐. 지금도 그는 자신의 체면과 위치를 지키기 위해 리타에게 부탁하고 있었다.

《상대가 오로가 있다는 건 거짓말이라고 오해하면 곤란하기 때문인가요?》

"그, 그것만은 아니에요. 그는 전 세계를 돌아다니는 교수이기 때문에 오로에 대해서도 나보다 훨씬 잘 알고 있을지도 모르고……, 당신에게 큰 도움이 될 거예요……."

변명 같은 말에 실망하지 않은 것은 아니었다.

하지만 지금 그 얘기를 듣고 리타도 결단을 내렸다. 직접 만나 딱 잘라 거절하자.

이걸로 스테파노의 자존심이 조금이라도 채워진다면 앞으로 리타와 로렌티가를 떼어 놓으려는 짓도 포기할지 모른다.

《무슨 말을 들어도 저는 이 섬을 나갈 생각이 없어요. 그래도 괜찮죠?》

"그, 그럼요, 물론이죠! 그 눈을 보여주기만 하면 그도 분명히 기뻐할 거예요!"

안도한 스테파노는 리타를 재촉했다.

"그럼 얘기도 끝났으니 얼른 가죠."

알버트는 리타에게 이제 밖에 나가지 말라는 말은 하지 않았다.

외출할 땐 에밀리오나 마르다가 동행하지만, 알버트도 예전보다 잔소리를 하지 않게 되었다. 그래도 누군가에게 나간다고 한마디 정도는 해야 할까?

《외출해도 되는지 알버트에게 물어볼게요.》

"알버트 님이라면 여기 오는 길에 차를 타고 나가시는 걸 봤어요. 외출하는 데 알버트 님의 허락이 필요한가요?"

만약 그렇다면 감금 아닌가요? 라는 말이라도 할 것 같은 스테파노에게 리타는 고개를 저어 부정했다. 또다시 스테파노가 로렌티가를 비판하기 시작하면 곤란하기 때문이다.

'혼자 외출하는 것도 아니고, 볼일만 얼른 보고 들어오면 되겠지……?'

지나가던 조직원에게 스테파노와 외출한다는 뜻을 전한 후, 리타는 저택을 나갔다.

세레노의 시가지 한구석에 소셜클럽이라 불리는 마피아의 아지트가 있었다.

'황혼정'이라는 간판이 걸린 가게 1층은 싸구려 나무 테이블과 의자가 놓여 있으며, 조직원들은 카드 게임을 즐기거나, 식사를 하거나, 저택에서는 하지 못하는 술을 마시고 떠들썩하게 놀기 위해 그곳을 찾는다.

알버트가 문을 열자, 쾌활한 목소리가 들려왔다.

"좋아~! 내가 이겼다!"

환호성이 터지더니, 테이블석을 에워싸듯이 사람들이 몰려들며 가게 안이 들끓었다.

젊은이들의 중심에 있는 것은 덩치가 작은 노인이었다. 그 맞은편에 앉아 있던 젊은 조직원이 카드를 내던지고는 테이블 위에 푹 엎드렸다.

"제길~! 역시 그레고리오 님! 실력이 여전하시네요!"

"당연하지! 내 눈에 너희는 전부 기저귀를 찬 갓난아기나 마찬가지야!"

"아니, 그래도 기저귀는 아니지 않아요? 그 정도로 형편없진 않다고요!"

"나에게 도전하려면 이런 실력으론 안 돼. 다른 녀석이랑 연습이나 하고 와."

조롱이 난무하는 가운데, 포커 게임을 즐기고 있던 그레고리오가 입구에 서 있는 알버트에게 말을 걸었다.

"여어."

"알버트, 너도 같이 할래?"

"……아뇨. 긴히 하실 말씀이 뭔가요?"

알버트는 그레고리오의 호출을 받고 온 것이다.

세레노에서 그리 멀지 않은 곳에서 은거 중인 그레고리오가 알버트를 만나러 오는 일 자체가 거의 없었다.

그레고리오는 젊은 조직원에게 자리를 양보한 후, 자리에서 일어났다.

덩치가 작지만 슈트를 맵시 있게 입고, 실버그레이색 머리를 뒤로 쓸어 넘긴 모습에서는 관록이 느껴졌다. 매서운 눈과는 반대로 입을 열면 싹싹한 성격 때문인지 고참 조직원뿐만 아니라 젊은 조직원들도 그를 따랐다.

그레고리오는 알버트와 마주 보고 앉더니 주머니에서 시가를 꺼내 불을 붙였다.

그러더니 한 모금 쭉 빨아들인 다음,

"이 할아버지한테 약혼자를 소개해줄 생각은 없는 거냐?"

그렇게 물었다.

"……이만 가보겠습니다."

"이 녀석이. 여기저기 요란하게 오로를 자랑하고 다녀 놓곤, 왜 할아버지한테는 소개를 안 해? 아이고, 슬퍼라."

말만 들으면 슬퍼 하는 것 같지만, 담배 연기를 뿌려 대면서 그런 말을 입에 담으니 동정할 마음도 들지 않았다.

알버트는 연기를 손으로 털어 내면서 얼굴을 찌푸렸다.

"할아버지가 진수식에 포르비에를 보내셨나요?"

"난 아무 말도 안 했다. 그 녀석이 멋대로 보러 간 거야."

좋은 쇼핑을 한 것 같더구나. 그레고리오는 그렇게 말하며 씨익 웃었다.

리타를 산 것은 직접 보고하지 않았지만, 그레고리오의 '귀'라면 저택에 얼마든지 있을 것이다. 이미 전부 파악하고 있어도 이상하지 않았다.

……하지만. 왜일까? 타인에게 리타를 물건 취급 당하니 묘하게 화가 나는 건.

"……로렌티가의 입장에선 이상적인 아내이지 않나요?"

"그러게. 네가 애지중지 곁에 둘 정도이니 꽤나 마음에 들었나 보구나."

"네, 마음에 들어요."

알버트는 입을 타고 미끄러지듯이 나온 말에 스스로도 놀랐다.

'마음에 들어. ……인정하고 싶지 않지만.'

밤새도록 안고 싶다거나, 없어지면 살아갈 수 없다거나, 그런 격렬한 사랑이 아니다.

알버트를 버리지 않고, 도망치지 않고, 그저 곁에 있어주는 존재. 의중을 떠볼 필요가 없고, 안심할 수 있는 상대.

'아, 하지만 그 아이를 더 휘둘러보고 싶은 마음도 들어.

당황스러워할 만큼 달콤한 말을 속삭여 동요하게 만들고 싶어. 아양을 떠는 여자는 싫지만, 리타의 머릿속이 나로 가득한 상태인 것도 한번 보고 싶어.'

자신답지 않게 그런 생각을 했다.

웨이터가 그레고리오의 앞에 미트볼이 가득한 파스타를 가져왔다.

"알버트 님은 무엇을 드시겠습니까?"라고 조심스레 묻는 웨이터에게, 알버트는 와인을 주문했다.

마시고자 하는 와인을 지정하자, 그레고리오가 눈가에 깊은 주름을 새기며 미소를 지었다.

"넌 베르나르도를 꼭 닮았구나."

"……네? 아, 그러고 보니 아버지가 좋아했던 와인이었죠."

"와인 말고. 그 녀석도 너희 엄마한테 홀딱 빠져 있었잖아."

"그런가요? 저는 모르는 일이라서."

적어도 다른 남자의 자식일지도 모르는 알버트를 떠맡을 정도로 리비아를 사랑했던 걸지도 모르지만…….

"저는 아버지를 하나도 안 닮았어요."

"하나도 안 닮긴. 부자지간인데 당연히 닮았지."

포르비에로부터도 베르나르도를 닮았다는 말을 들었지만, 그레고리오와는 뉘앙스가 달랐다. 아마 그것은 애정의 문제일 것이다. 포르비에의 말처럼 신경을 건들지 않았다.

냅킨을 목에 건 그레고리오는 기쁜 듯이 파스타를 입에 넣었다. 마주 앉아 식사를 하는 건 대체 몇 년 만일까?

"……벌써 3년이 됐구나. 네가 보스의 자리에 앉은 게."

베르나르도의 급사로 인해 로렌티가의 지휘권은 선선대 보스인 그레고리오에게 다시 돌아갔다. 그 당시의 알버트 혼자서는 조직을 통솔할 수 없었을 것이다. 동요가 컸던 로렌티가를 그레고리오가 다시 일으킨 후, 알버트에게 전권을 넘긴 것이 3년 전이었다.

그 이후로 그레고리오는 시골 마을에 칩거하며 조직에서는 거리를 두고 있다.

"어때? 별일은 없고?"

"특별히 문제는 없습니다."

그레고리오는 알버트의 모범답안에 쓴웃음을 지었다.

가족이라고 해도 타인에게 약점을 보이는 것을 싫어하는 알버트는 평소라면 그 한마디로 대화를 끝내지만.

"……아버지나 할아버지의 방식과는 다를지도 모르지만, 저는 저 나름의 방식대로……, 패밀리를 지키겠습니다."

조직원들과 친해질 생각은 없지만, 조금 더 거리를 좁혀도 나쁘지 않을 것 같다.

아무런 관계도 없는 리타가 자신이 있을 곳을 찾고자 발버둥이치는 모습을 보며 감화된 걸까? 패밀리에 달라진 것은 없다. 달라진 것은 알버트였다.

"그렇구나. 그렇다면 됐다."

그레고리오는 나이가 느껴지지 않는 왕성한 식욕을 보이며 남은 토마토 소스를 빵으로 닦아 접시를 깨끗하게 비웠다.

"나는 옛날에 먹던 토마토 소스도 좋아하지만, 만드는 사람이 바뀐 토마토 소스의 맛도 나쁘지 않아. 젊은 사람들은 이 정도로 맛이 확실한 편을 선호하겠지. 그런 식으로 맛의 변화를 즐기는 손님도 있을 거야. 그러니까 너는 네 방식대로 밀고 나가도록 해."

"……네."

알버트는 고개를 끄덕인 후, 침묵을 메우기 위해 와인을 입에 가져갔다.

많은 조직원들이 무심한 태도를 취하면서도 두 사람의 대화에 귀를 기울이고 있었을 것이다. 두 사람의 대화가 일단락된 것을 보고는, 포커 게임을 즐기고 있던 테이블에서 작위적일 만큼 밝은 목소리가 터져 나왔다.

"그레고리오 님~! 한 판 더 하시죠!"

"아, 치사해, 나도, 나도!"

"그래! 알버트, 너도 한 판 하자."

"네? 아뇨, 저는……."

알버트는 자리에서 일어난 그레고리오의 손에 이끌려 승

부의 장으로 질질 끌려갔다.

"좋아~. 어디 한번 카드를 섞어봐. 알버트, 규칙은 알고 있지?"

"……네, 뭐."

그레고리오는 신이 나 있었지만, 생전 이런 유흥에 참가한 적이 없는 알버트가 자리에 섞여 조직원들은 약간 당황한 것 같았다.

알버트는 마지못해 할아버지의 유흥에 어울렸다.

판돈은 장난감 코인이지만, 첫 판에서 그레고리오는 그 자리의 코인을 전부 따버렸다. 로열 스트레이트 플래시. 알버트의 손에는 투페어. 강한 뽑기 운에 어안이 벙벙해졌다.

"……사기라도 치시는 거예요?"

툭 새어 나온 한마디에, 같은 자리에 있던 조직원들도 신음을 흘렸다.

"진짜 말도 안 되지 않아요?! 왜 그레고리오 님께만 이렇게 좋은 카드가 오는 건지!"

"정말로 저희를 속이시는 건 아니죠?"

"바보 같은 놈들. 사기 쳐서 이겨봤자 뭐가 재미있겠냐! 운도 실력이야! 자~ 다음, 다음!"

그레고리오는 이상하리만치 뽑기 운이 강해 아무도 당해내지 못했다.

알버트도 조직원들과 함께 불평을 늘어놓으면서 몇 번이나 재도전을 하는 사이에 어색했던 분위기는 어느샌가 사라져 있었다.

"저택에 들렀다 안 가세요?"

로렌티가에 들르지 않고 돌아가겠다고 하는 그레고리오에게 알버트는 그렇게 물었다.

클럽에 얼굴을 비춘 것만으로도 다들 이렇게 좋아하니, 저택에 대기 중인 고참 조직원들과 만나고 가면 좋을 거란 생각이 들었기 때문이다.

"다음에 한번 가마. 은퇴한 늙은이가 너무 나대면 제대로 굴러갈 것도 엉망이 될 수 있으니까 말이다."

보디가드와 운전사를 데리고 돌아가는 그레고리오와 헤어진 후, 알버트도 차에 탔다.

여름이 가까워져 해가 많이 길어졌다.

까만 차는 밝은 저녁의 길을 거침 없이 나아갔다.

'할아버지에게 인사드리는 날을 진지하게 검토해봐도 좋을 것 같군…….'

자신의 결혼에 대해 이래저래 참견당하는 게 싫었지만, 알버트는 리타를 한번 소개해봐도 될 것 같다는 생각이 들었다.

단순히 혼담을 거절하기 위한 상대가 아니라, 제대로 된 결혼 상대로서.

저택에 돌아오면 총을 소지한 건장한 남자들이 아니라, 귀여운 아내가 자신을 마중해주는 미래. 그런 미래도 나쁘지 않을 것 같다.

멍하니 그런 생각을 하고 있으려니 로렌티가의 저택이 보이기 시작했다. 바로 그때, 운전사가 급브레이크를 걸었다.

사람 그림자가 차 앞으로 뛰쳐나온 것이다. 끼익! 갑자기 요란한 소리가 나더니, 그 반동으로 알버트의 엉덩이가 공중에 붕 떠올랐다.

"저게 미쳤나!"

운전사는 고함을 지른 후, 뒤를 돌아보았다.

"……알버트 님, 죄송합니다. 괜찮으십니까?"

"난 괜찮아. 방금 그 사람, 치진 않았겠지?"

"부딪치진 않은 것 같습니다. 하지만……."

뛰쳐나온 사람은 일어설 기미가 없었다.

밖으로 나간 운전사는 "응?" 하고 의아한 듯이 고개를 갸웃거렸다.

"밀레나 양이네요. 이봐, 아가씨, 괜찮아?"

알버트도 차에서 내렸다. 화려한 프릴이 달린 옷은 평소와 같았지만, 전속력으로 뛰어왔는지 머리는 잔뜩 헝클어져 있었다.

밀레나는 벌벌 떨며 울고 있었다. 차에 치일 뻔해 잔뜩 놀란 걸까?

"밀레나? 어디 다치기라도 했어?"

"알버트 님……!"

밀레나가 알버트에게 매달렸다.

진수식 후, 딸을 위험에 빠뜨린 것을 사과하기 위해 마르티니 가를 찾아갔을 때 밀레나는 방에 틀어박혀 있었다. 알버트에게 품고 있던 아련한 동경이 산산조각 난 듯했다. 알버트에게 이제 더는 추파를 던질 일도 없을 거라 생각했기에 난데없이 그녀가 매달리는 바람에 깜짝 놀랐다.

"……일어설 수 있겠어?"

기대를 갖게 하지 않을 만큼 다정한 목소리로 물었다.

로렌티가의 차에 시비를 걸 자는 없겠지만, 언제까지고 길 한가운데에 차를 세워 둘 순 없었다.

하지만 밀레나는 곧바로 일어서지 않고 계속 몸을 덜덜 떨면서 목소리를 쥐어 짜냈다.

"리타 씨가."

"리타가?"

"항구에서 끌려갔어요. 배, 배로……."

"뭐?"

예상치도 못한 말에 알버트는 눈을 크게 떴다.

"배에 탔어? 누구랑?"

"모, 모르겠어, 요. ……저는 멀찌감치 떨어진 곳에 있었는데……, 끌려가는 게 보여서."

"항구에는 마르티니가의 경비가 상주하고 있잖아?! 경비에겐 알렸어? 로렌티가에 연락은 했고? 그거, 언제 있었던 일이야?"

말투에 힘이 들어갔다.

어깨를 꽉 잡힌 밀레나는 엉엉 울기 시작했다.

이미 한 시간 이상 지났다는 것을 알자, 알버트는 밀레나를 재빨리 차에 태웠다. 알버트도 좌석에 미끄러지듯이 몸을 넣었다. 그리고 곧바로 차를 출발시켰다.

"죄, 죄송해요, 죄송해요, 알버트 님……!"

밀레나가 잔뜩 겁을 먹은 상태로 울고 있는 이유는 곧바로 로렌티가에 알리지 않아 벌을 받을 거라고 생각했기 때문일 것이다. 보고도 못 본 척한 이유는 이제 로렌티가와 얽히고 싶지 않았기 때문일 것이다. 마피아나 뒷세계와는 절대 얽히고 싶지 않았던 건 틀림없이 저번에 진수식 때 있었던 일이 원인일 것이다.

귀찮아도 제대로 수습을 해 놨어야 했다.

그녀를 소홀히 여긴 탓에 리타가 위험한 상황에 처했다

는 사실에 초조함과 혼란과 분노가 뱃속에서 소용돌이쳤다. 알버트는 그 감정들을 꾹 누르고 밀레나를 향해 다정하게, 미소를…….

'……윽.'

용기를 내어 알려주러 와서 고맙다는 말을 할 수 있었던 것은 로렌티가의 저택이 가까이 보이기 시작한 후였다. 미안해, 무서웠지? 이제 괜찮아. 듣기 좋은 말에 밀레나는 겨우 울음을 그쳤다.

밀레나는 잘못이 없다. 전부 알버트 탓이다. 알면서도 짜증이 가라앉지 않는 나머지, 알버트는 손바닥에 손톱이 파고들 정도로 주먹을 꽉 쥐었다.

6 피의 맹세

항구에서 스테파노의 소개로 만난 사람은 리타의 상상과는 전혀 다른 인물이었다.

작은 트렁크를 들고, 딱 붙는 재킷을 입은 근엄한 남성.

멋대로 스테파노 같은 열성적인 연구자일 거라 믿고 있었던 리타는 그야말로 권력을 갖고 있을 듯한 강경한 태도에 압도될 것 같았다.

"반가워, 오로 아가씨. 난 바르톨로메오라고 해."

리타는 자신만만하게 내민 남자의 손을 주뼛거리며 잡았다.

스테파노는 자랑스러운 자신의 딸이라도 소개하듯이 한껏 신이 나 있었다.

"어때? 바르톨로메오! 진짜 오로야!"

"음, 그러게. ……그래서, 그녀의 짐은? 얼른 배에 타자고."

바르톨로메오는 리타가 제안을 받아들여 이곳에 왔다고 생각하는 것 같았다. 스테파노는 말을 더듬거렸다.

"아, 아니……. 그녀는 마피아의 곁에 남을 건가 봐."

"마피아의 곁에 남을 거라고?"

바르톨로메오는 두꺼운 눈썹을 치켜 올렸다.

"바보 같긴. 녀석들과 살다가 회유라도 당한 거야? 아마 알버트 로렌티는 얼굴이 쓸데없이 반반한 젊은 놈이었지.”

아, 그래, 그렇군. 리타의 몸을 힐끗 쳐다본 바르톨로메오가 그렇게 중얼거렸다.

리타는 화가 치밀었다. 이 무례한 인간은 뭐지?

《친절한 제안 감사합니다. 하지만 저는 제 의지로 로렌티가에 남길 택한 거예요.》

이런 무례한 상대의 신세를 질 바엔 역시 거절하길 잘했다.

울컥 치밀어 오르는 화를 누르며 그렇게 적었지만, 바르톨로메오는 리타의 의견 따윈 아무래도 좋다는 듯이 거들떠 보지도 않고 스테파노에게 시선을 보냈다.

“어떻게 된 거야, 스테파노? 설득해서 데려온다고 약속했잖아?”

“미, 미안해. ……리타 씨, 바르톨로메오는 당신이 쾌적한 환경에서 지낼 수 있도록 온갖 지원을 해주겠다고 했어요. 정말로 이런 기회는 더는 없을지도 몰라요. 다시 생각해볼 수 없어요?”

‘스테파노 선생님은 내가 항구까지 오면 생각이 바뀔 줄 알았구나…….’

리타가 바로 타고 훌쩍 떠날 수 있는 거리에 배가 있으면 마음이 바뀔 줄 알았던 걸까? 아니면 바르톨로메오에게 설득을 해달라고 할 속셈이었던 걸까?

바르톨로메오는 고압적이고, 스테파노보다 힘으로는 위인 것처럼 보였다.

주뼛거리는 스테파노를 앞에 두고 리타는 바르톨로메오를 의연하게 응시했다.

《저는 이곳에 남을 거예요.》

무슨 말로 설득해도 따라갈 마음은 없었다.

"……."

"그렇군요……."

또다시 설득해도 리타가 고개를 끄덕이지 않았기에 스테파노는 순순히 물러났다.

바르톨로메오는 매서운 눈으로 스테파노를 쳐다보았다. 한동안 곤란한 듯한 표정을 짓고 있던 스테파노는 마침내 포기한 듯이 어깨를 떨구었다.

"미안해요, 리타 씨."

'?!'

스테파노가 등 뒤에서 손수건으로 리타의 입가를 꽉 틀어막았다. 어떤 강한 냄새가 나는 것을 한껏 들이마셔버린 리타의 몸이 휘청거리며 기울었다. 시야가 하얗게 흐려졌다.

'이게, 뭐지……?'

"가능하면 이런 방법은 쓰고 싶지 않았지만……."

슬퍼 보이는 스테파노의 얼굴과 눈썹 하나 까딱하지 않

는 바르톨로메오의 얼굴이 보였다.

저항하려 했지만, 눈꺼풀이 순식간에 감겨버렸다. 리타의 의식은 거기서 끊겼다.

정신을 차려 보니 딱딱한 침대 위에 눕혀져 있었다. 얇은 시트를 깔았을 뿐인 침대 위에서 눈을 뜨자, 낯선 하얀 천장이 머리 위에 있었다.

'……?'

리타는 지끈거리는 관자놀이를 누르며 비틀비틀 몸을 일으켰다.

"아, 다행이다. 정신이 들었어요?"

스테파노가 걱정스러운 듯이 리타를 바라보고 있었다.

'스테파노 선생님……. 그렇지, 나, 선생님이 무슨 이상한 냄새를 맡게 하는 바람에…….'

그 후의 기억이 전혀 없는 것을 깨닫고는 소름이 오싹 돋았다.

여긴 어디지?

스테파노와 바르톨로메오는 어째서 이런 짓을?

"좀처럼 눈을 뜨지 않길래 걱정했어요. 물 마실래요?"

옆에 있던 스테파노는 유리잔에 물을 따라 건넸지만, 리타는 받아 들지 않았다.

리타의 의식을 빼앗은 것은 스테파노였기 때문이다. 아무리 친절한 얼굴로 대해봤자 믿음이 갈 리가 없었다. 두통과 메슥거림을 참으면서 리타는 주위를 둘러보았다.

실내에는 침대와 간이 소파, 테이블이 놓여 있을 뿐.

바르톨로메오는 태연한 얼굴로 소파에 앉아 있었다. 다행히 리타의 팔다리는 묶여 있지 않았다.

분명히 방금 전까지 들고 있던 스케치북은 옆에 없었다.

문득 작은 창문으로 시선을 돌리자, 쪽빛에 흔들리는 수면이 눈에 들어왔다.

'말도 안 돼! 여기, 배 안이야!'

그들은 기절한 리타를 데리고 여객선에 탄 것이다.

'언제 출발했지? 로렌티가 사람들은 눈치챘을까……?'

안색이 변한 리타를 보고 스테파노가 그녀를 진정시키고자 어깨에 손을 얹었다. 그의 다정한 표정과 목소리는 환자를 위로하는 의사 그 자체였다.

"억지로 태워서 미안해요. 하지만 오늘을 놓치면 또 언제 이런 기회가 찾아올지 모르니까 어쩔 수 없었어요."

'난 안 간다고 했잖아!'

리타의 의사를 무시한 이 방법은 유괴나 다름없다.

스테파노를 노려보자, 그는 슬픈 듯이 눈썹을 축 늘어뜨렸다.

"……당신은 젊어요. 그들의 사상에 감화되는 것도 이해해요. 하지만 마피아의 저택에 있어봤자 할 수 있는 건 하나도 없잖아요?"

'그렇다고 이런 짓을……!'

스테파노야말로 바르톨로메오의 사상에 감화된 것 아닌가.

스테파노는 또다시 '마피아의 곁에 있어선 안 된다'고 말했다. 언제 죽임을 당할지 모른다, 위험하다, 그런 말을 몇 번이나 되풀이했다.

"우리와 있으면 당신은 세상에 공헌할 수 있어요."

스테파노는 가방에서 무언가를 꺼내더니, 리타에게 잘 보이도록 얼굴 앞에서 그것을 흔들었다.

투명한 액체로 가득 채워진 그 안에는 하얀 구체 두 개가 떠다니고 있었다.

'뭐지?'

그 구체가 휙 돌아 이쪽을 향한 그때, 놀란 리타는 짧은 비명을 질렀다.

"―!"

목소리로 나오지 않는 절규가 터져 나왔다.

그것은 ……눈알이었다.

홍채 부분은 선명한 연분홍색이었다.

스테파노는 그 색을 보며 황홀한 미소를 짓고 있었다.

"참 예쁘죠? 남쪽 대륙에서 손에 넣었어요. 오로 정도는 아니지만, 이 연분홍색도 굉장히 희귀하답니다. 이거 봐요. 빛에 갖다 대면 마치 핑크 다이아몬드 같아요!"

기쁜 듯이 웃는 스테파노를 보며 리타는 온몸에 소름이 끼쳤다.

인간의 눈알. 그것이 어떻게, 어떤 수단으로 스테파노의 수중에 있는 것인지 상상하니 역겨워서 구역질이 났다.

스테파노는 마피아를 싫어하는 것이 아니다.

리타가 마피아와 있는 바람에 소중한 **연구 대상**을 잃을까 봐 걱정하고 있었던 것이다.

"사람의 안구 색은 멜라닌의 양에 의해 결정돼요. 빨간색이나 보라색 눈은 본 적이 있지만, 연분홍색은 없잖아요? 리타 씨, 당신의 눈에 얽힌 수수께끼를 밝히면 아름다운 눈 색이 생겨나는 구조를 알 수 있는 실마리가 될지도 몰라요. 바르톨로메오는 그 기회를 나에게 줬답니다."

말을 빠르게 주워섬기는 스테파노에게, 바르톨로메오는 당연하다는 듯이 고개를 끄덕여 보였다.

"그럼. 당연하지. 내 옆에 있으면 손해 볼 일은 없어."

"들었죠, 리타 씨? 마피아와 지내는 것보다 훨씬 안전한 삶을 살 수 있어요."

'……도망쳐야 해.'

절대 안전해 보이지 않았다.

스테파노도, 바르톨로메오도 리타를 모르모트로밖에 여기지 않는다는 공포가 치밀어 올랐다. 자신에게 향한 두 사람의 시선이 무서웠다.

리타는 자리에서 일어섰다. 그러자 바르톨로메오가 리타의 손을 잡았다.

"……어디 갈 셈이야?"

'이거 놔!'

저항하자 철썩 소리와 함께 왼쪽 따귀를 맞았다.

목이 돌아갔고, 맞은 충격으로 리타는 바닥에 쓰러졌다.

"바, 바르톨로메오, 폭력은……."

"넌 잠자코 있어. ……이게 진짜, 너 때문에 얼마나 수고를 들였는지 알아? 제논 녀석들도 참 무능하단 말이지."

'……제논 녀석들……?'

"넌 원래 내가 살 예정이었어. 로렌티가가 끼어들지만 않았다면 이런 귀찮은 짓을 하지 않았어도 되는데."

손으로 뺨을 꾹 누른 리타는 바닥에 몸을 웅크린 채 움직이지 못했다.

'잠깐. 그럼 저번에 진수식 때 날 덮쳤던 것도…….'

남자들은 리타를 살 사람이 처음부터 정해져 있었다고 했다.

암시장에서 이상할 정도로 고액이 오가던 입찰 경쟁. 값이 치솟아도 더 큰 값을 부르던 두 사람.

그중 한 사람이 바르톨로메오였던 것이다.

리타는 자리에서 일어났다.

하지만 리타의 의지를 꺾듯이 바르톨로메오는 또다시 리타의 뺨을 후려쳤다. 머리뼈까지 울리듯이 철썩 소리가 났다. 얼굴을 가리자, 바르톨로메오는 리타의 팔을 잡더니 내던지듯이 그녀를 바닥에 내팽개쳤다.

"예의범절은 이렇게 가르쳐야 하는 거야. 로렌티가에서 이렇게 안 가르쳤어?"

'……윽…….'

발로 머리를 밟혔다. 리타는 굴욕적인 아픔을 견디고자 이를 악물었다.

'……난 이런 일만 당하는구나.'

이런 눈을 갖고 태어난 탓에 사람들의 시선을 신경 쓰고, 숨어 살고, 팔려 가고, 표적이 되고. 별 쓸데없는 짓뿐.

처참한 인생이구나. 그런 생각이 들자, 어째선지 우스워서 웃음이 났다.

훗, 하고 입가에 떠오른 미소가 얼굴 전체로 퍼졌다. 마치 알버트 같았다.

웃을 일이 아닌 상황임에도 불구하고 웃음이 나오고 말

았다. 이상하고, 웃기고, ……분해서 눈물이 났다. 목 안쪽에서 경련이 일어나더니 숨이 끅끅 새어 나왔다. 이럴 때도 리타는 울음소리 한 번 낼 수 없었다.

이제 그냥 다 포기해버릴까?

숨을 죽인 채 흘러가는 대로 얌전히. 예전에는 그렇게 목숨을 부지해 왔다.

지금도 저항하지 않으면 편해진다는 것을 알고 있다. 알고 있는데도.

'난 더 이상 포기하고 싶지 않아.'

리타는 주먹을 꽉 쥐었다. 피 맛이 나는 입술을 꽉 깨문 그녀는 바닥에 넙죽 엎드려 몸을 떨었다.

바들바들 떨면서 몸을 웅크리곤 공포에 떨며 매달리는 듯한 눈으로 바르톨로메오를 올려다보았다.

나오지 않는 목소리 대신, 눈물로 호소하며 잔뜩 위축된 태도를 취해 보였다.

"이제 그만해! 바르톨로메오!"

리타가 불쌍하게 느껴졌는지, 스테파노가 끼어들었다.

"이렇게 겁을 먹다니, 가여워라……. 난 폭력을 좋아하지 않아! 네가 오로 연구를 시켜준다고 해서 협조했을 뿐이지, 소중한 연구 대상이 상처를 입는 건 반대야."

"……흥."

"괜찮아, 리타? 자, 침대로 가자."

리타는 스테파노의 손을 잡고 몸을 벌벌 떠는 연기를 이어 갔다.

빈틈을 노린다면 스테파노다.

로렌티가에 드나들던 것은 우연이었는지, 아니면 그 또한 제논 일당과 관계가 있는지는 모르지만, 스테파노라면 그의 양심에 호소할 수 있을 것 같았다.

바르톨로메오는 리타의 의견을 들을 생각이 없다.

거역하면 또다시 폭력을 휘두를 것이다. 하지만 스테파노라면…….

'배 위에는 도망칠 곳이 없어. 이대로 얌전히 있다가 배가 도착한 곳에서 도망칠까……? 아니, 아니면 스테파노 선생님을 설득해볼까?'

그가 집착하는 황금색 눈동자를 교환 재료로 삼아 어떻게든 카르디아 섬에 돌아갈 방법을 찾을 수 없을까? 푹 숙인 얼굴 아래에서 리타는 혼신을 다해 머리를 굴렸다.

겁에 질려 있다고 생각했는지, 스테파노는 달래듯이 리타의 등을 쓸어주었다.

바르톨로메오는 재킷 소매를 걷더니, 비싸 보이는 손목시계를 확인했다.

"스테파노."

"왜?"

"카르디아 섬에서는 이미 충분히 멀어졌군."

"……응, 그게 왜……?"

바르톨로메오는 스테파노의 등 뒤에 섰다.

그러더니 무언가를 휘둘러 스테파노의 목덜미에 꽂았다.

깊숙이 꽂힌 주사기 안에는 약품으로 보이는 무언가로 가득 차 있었다.

긴급 호출을 받은 에밀리오는 알버트의 집무실로 향했다.

이유는 잘 모르지만 흐느껴 우는 마르티니가 아가씨와, 마르다가 그녀를 부축하며 방에서 나갔다.

방안에는 열 명 정도 되는 조직원이 모여 있었다.

로렌티가 내에 명확한 파벌이 있는 것은 아니지만, 그들을 '그레고리오 파', '베르나르도 파'로 나눈다면 이들은 '알버트 파'라고 할 만한 인물들이었다.

"리타가 납치당했어."

"뭐?! 누구한테?!"

"스테파노."

알버트는 집무실 책상에 대고 깍지를 낀 손 위에 턱을

댄 채 앉아 있었다.

스테파노가 누구더라? 기억을 더듬은 에밀리오는 수수한 풍모의 중년 남성을 떠올렸다. 리타를 진찰하기 위해 드나들던 의사였다.

그 의사가 이 저택에서 리타를 데리고 나갔다고 한다. 최근에는 리타도 에밀리오나 마르다와 함께 곧잘 외출했기 때문에 스테파노와 나가는 것을 보고도 수상하게 여긴 사람은 없었다고 한다.

"밀레나가 목격한 정보에 따르면, 스테파노 외에 남자가 한 명 더 있었나 봐. 스테파노가 손수건에 약을 묻혀 리타를 기절시킨 후, 리타를 데리고 네잘리에를 경유하는 배에 탔다고 하더군."

알버트의 말투는 담담했다

지휘하는 쪽이 격앙되어 얘기가 제대로 되지 않는 것도 곤란하지만, 그렇다 쳐도 너무 냉정했다.

"어느 배야? 얼른 돌리라고 해."

"마르티니가가 소유한 배가 아니야. 외부 선박인 것 같아. 지금 고속선을 준비시켰어."

"먼저 도착해서 항구에서 대기할 생각이구나. ……근데 네잘리에 경유라니. 설마 그 스테파노라는 놈은 제논 일당과 한통속이었던 거야?"

"아직 모르겠어."

알버트의 말을 듣자, 조직원들은 떨떠름한 표정을 지었다.

"만약 제논 일당이 관여된 건이라면 네잘리에항에는 이미 제논 일당이 쫙 깔렸을지도 모르겠네요."

"배로 네잘리에에서 떨어진 곳에 내린 다음……, 육로로 이동해야 하나?"

"돌아오는 건 어떻게 할 거야? 항구에서 바로 추격당할 것 같은데?"

의견을 좁혀 가고 있던 중 에밀리오는 알버트에게 물었다.

"지휘는 누가 해? 내가 할까?"

제논 일당의 본거지에 쳐들어간다면 알버트의 오른팔인 에밀리오가 적임일 것이다. 그 정도의 자부심은 있었다.

"아니, 에밀리오. 넌 아니야."

"……네가 나가려고?"

알버트가 직접 나갈 줄 알았지만, 알버트는 다른 사람을 지명했다. 딱히 납득이 되지 않는 지시는 아니었지만, 에밀리오는 조금 못마땅했다.

'나 원, 그래도 일단은 약혼자인데…… 매정하구만.'

리타는 언제든지 끊어버릴 수 있는 존재이다. 죽어도 딱히 곤란할 것은 없다.

알버트의가 직접 구출하러 갈 필요도 물론 없지만…….

'리타를 그럭저럭 마음에 들어 하는 줄 알았는데, 고작 그 정도구나.'

걱정 좀 해줘라, 라고 잔소리하고 싶은 속내를 에밀리오는 꾹 삼켰다.

"무기와 탄약을 준비해 오겠습니다."

한 사람이 자리에서 일어났다. 알버트는 고개를 끄덕였다.

"그래. ……배 두 척에 실을 거니까, 넉넉히 챙겨."

"……두 척?"

되물은 사람은 자리에서 일어난 사람이 아니라 에밀리오였다.

"한 척은 배를 직접 쫓아갈 거야. 다른 한 척은 거리를 두고 따라와. 지시는 무선으로 나중에 내릴게."

"쫓아가서 어쩌려고?"

"……당연히 직접 올라타야지."

"뭐?"

아무렇지도 않은 듯이 말한 알버트를 보며 에밀리오는 그제야 알버트가 냉정한 상태가 아님을 깨달았다. 말투도 태도도 냉정함 그 자체였지만 눈은 얼음처럼 차가웠고, 입가에는 미소 하나 없었다. 이 녀석, 열 받았구나! 티가 안 나서 몰랐네!

소형 고속선으로 여객선에 접근한 다음, 측면에 붙어 있는 사다리로 뛰어 이동하면 배에 올라탈 수 있다. 그걸 직접 하겠다고 말하고 있는 것이다.

"아뇨, 알버트 님. 그건 위험합니다."

"맞습니다. 그보다 리타 양을 탈환한 후, 배 안에서 어떻게 하실 생각입니까? 항구에 도착하고 나서 탈환해야 합니다."

웬일로 알버트가 냉정을 잃은 것을 알아챈 조직원이 그를 말렸다.

조직의 보스는 냉정하게 상황을 내려다보고 지시를 내려야 한다. 그러나 에밀리오는 지금처럼 냉정을 잃은 알버트가 훨씬 인간미가 느껴져서 좋았다. 가끔은 말도 안 되는 고집을 부리는 편이 옆에 있는 사람도 재미있다.

"알았어. 네가 그렇게까지 말한다면 내가 갈게."

"무슨 말씀이에요, 에밀리오 씨?!"

"내가 직접 올라탈게. 그럼 불만 없지, 알버트?"

그리고 부하는 보스의 명령을 실행하는 손과 발이다.

에밀리오는 그러면 되냐고 묻듯이 알버트를 쳐다보았다. 나한테 명령해, 라는 뜻을 담아 지시를 재촉했다.

알버트는 눈을 한 번 내리뜬 후, 처절한 웃음을 지어 보였다.

어두운 초록색 눈동자가 가늘어졌다.

"지금 누구한테 명령하는 거지?"

오한이 느껴졌다. 에밀리오만이 아니었다. 그 자리에 있던 전원이 얼어붙었다. 방의 분위기가 달라졌다.

알버트는 늘 냉정하다. 격앙한 적도 없고, 곱상하게 생긴 얼굴 때문인지 조직원들 중에는 알버트를 곱게 자란 도련님으로 여기는 사람도 있었을 것이다. 알버트를 만만하게 보고 있었다. 그러나.

"보스는 나야. 내가 하는 말에 따라."

누군가가 침을 꿀꺽 삼켰다. 머리를 한 대 맞은 듯이 저려 오는 이 느낌.

에밀리오는 자신의 피가 끓어오르는 것을 느꼈다.

피를 바친 보스를 따르고 싶다, 따라야만 한다는 생각이 들게 만드는 그런 고양감은 이 로렌티가에 군림하기에 적합했다.

'……아, 이 녀석은 확실히 로렌티가의 보스구나.'

이 녀석을 업신여기는 녀석들에게 보여주고 싶다. 그리고 알버트의 형을 자처하던 몇 분 전의 자신에게도.

주위의 의견을 굴복시키는 존재감은 몇 대에 걸쳐 이 방 의자에 앉아 왔던 이들과 똑같았다. 아무도 흉내 낼 수 없다. 아무도 대신할 수 없다.

공포가 흥분으로 변했다. 에밀리오는 알버트에게 머리를

숙여 고분고분 명령에 따르겠다는 뜻을 표했다.

"……무엇이든지 명령해줘, 보스."

"내가 직접 나설게. 넌 날 따라와, 에밀리오."

알버트가 거만하게 딱 잘라 말하자, 고개를 든 에밀리오는 씨익 웃어 보였다.

어린 시절, 알버트에게 피를 바친 나의 판단은 옳았다.

내가 택한 보스라면 이렇게 나와줘야지.

리타가 납치당했다.

밀레나의 입에서 그 말이 나왔을 땐 머리가 차가워졌다.

'최근에 리타를 감시하는 게 허술했어.'

리타가 나다니는 곳은 저택 주변, 그리고 고작 마르다나 에밀리오와 이따금 거리에 나가는 정도였다.

억지로 가둬 놓지 않아도 그녀에게 나갈 의사가 없는 것 같아서 안심하고 만 것이다. 그리고 조직원들 또한 리타가 혼자 외출하려고 했다면 그렇다 쳐도, 저택에 드나들던 의사와 함께 나갔기에 의아하게 여기지 않았을 것이다.

품에 넣고 지킬 것이냐, 아니면 안전한 장소에 가둬 놓을 것이냐.

둘 중 하나를 고르지 못한 채 애매한 상태로 있었던 결과가 바로 이것이다.

'스테파노. 마르다의 보고에 따르면, 오로에 굉장한 집착을 보였던 것 같더군. 카르디아 출신이라면 별반 이상할 건 없지만—.'

의사. 오로. 열성 유전인 황금색 눈동자. 집착. 연구.

최악의 상황을 도출해 낸 알버트는 손톱이 피부에 파고들 정도로 주먹을 꽉 쥐었다.

제논 일당에 의해 팔려 가는 거라면 아직 유예가 있다. 하지만 가령 리타를 확보하는 것이 목적이라면? 더러운 손이 리타에게 닿는다고 상상하는 것만으로도 머리에 납덩이를 박아 넣어버리고 싶은 충동에 사로잡혔다.

알버트는 곁에 있어도 나쁘지 않고, 같이 있어도 괜찮은 상대 정도로 여겼던 소녀를 잃고 싶지 않았다. 그리고 그녀가 그만큼 자신의 소중한 존재가 되었다는 것을 깨달았다.

'고작 의사 따위가 내 것에 손을 대다니, 배짱 한 번 좋군.'

차가운 살의가 터져 나올 것 같았다. 아, 그렇구나. 많은 사람들이 닮지 않았다고 하지만, 알버트는 역시 로렌티가의 사람이었다.

주위의 의견을 듣지 않고 앞뒤 생각 없이 적지에 돌격하던 부친.

조직의 보스로서는 너무나도 경솔한 짓이다. 휘말리는 쪽은 대체 무슨 죄인가. 그동안 쭉 그렇게 여겨 왔던 부친의 마음을 지금이라면 이해할 수 있었다.

"알버트 님! 바로 출항 가능합니다!"

부하의 목소리에 고개를 끄덕인 알버트는 소형 고속선에 올라탔다.

반드시 리타를 구출해 낼 것이다. 내 손으로.

구해 낸 다음, 이 품에 꼭 껴안을 것이다.

잡으면 더 이상 놓아줄 생각은 없었다.

목덜미에 주사기가 푹 꽂히자, 스테파노는 너무 놀라 아무 말도 하지 못했다.

리타 또한 무슨 일이 일어났는지 몰라 굳어버렸다.

바르톨로메오는 마치 아무 일도 없었다는 듯이 담담하게 주사기를 회수했다.

"이……이봐, 지금, 뭘 넣은 거야……?"

스테파노가 물었다.

바르톨로메오는 위로하듯이 웃어 보였다.

"스테파노. 네가 카르디아 섬에 있어줘서 정말 다행이었어. 너라면 분명히 나한테 연락할 줄 알았거든. 너라면 연구 시설이나 논문을 미끼로 꾀면 덥석 물 줄 알았어."

"대, 대답해! 나한테, 무슨 짓을 한 거야……!"

땀이 스테파노의 뺨을 타고 흘렀다.

식은땀이 아니라, 얼굴이 새빨개져선 이상할 정도로 땀을 뻘뻘 흘리고 있었다. 그의 손끝이 가늘게 떨리기 시작했다.

"너와 함께 행동하면 로렌티가 놈들이 금방 찾아낼 거야. 시체는 바닷속에 넣어줄게. 넌 네 의지로 행방을 감춘 거야."

바르톨로메오가 주사기로 넣은 건 신경독이라고 싸늘하게 말하자, 스테파노는 다리가 꼬여 넘어졌다.

"날, 배, 배신, 배신한 거야?"

"배신한 적 없어. 처음부터 너 따윈 내 편도 아니었는걸?"

바르톨로메오는 스테파노의 배를 세게 걷어찼다. 그러자 스테파노의 몸이 앞으로 구부러지더니 바닥 위를 굴렀다. 그는 괴로운 신음 소리를 냈다.

"내 목적은 처음부터 오로뿐이었어. 연구? 이 눈에 대체 얼마나 높은 값이 붙는 줄 알아?! 호사가들이 얼마든지 돈을 낼 거라고! 이 눈알 하나에!"

방금 전에 봤던 포르말린에 절여진 눈알이 리타의 뇌리를 스쳤다.

바르톨로메오가 원하는 것은 리타의 눈 하나뿐이다.

'나도 죽일 셈이야.'

로렌티가는 리타와 스테파노를 쫓을 것이다.

그사이에 바르톨로메오는 눈만 빼앗아 날아날 속셈이다.

"그만둬, 기껏, 찾아낸, 오, 로를, 죽이지 마……."

"……바보 같은 녀석이군. 넌 옛날부터 연구 얘기만 나오면 바보가 됐단 말이지. 덕분에 참 다루기 쉬웠어."

"무슨, 말을."

"그렇게 분하면 진작에 얼른 그 애를 데리고 카르디아 섬에서 도망쳤어야지. 날 의지하면 마피아와의 맞대결을 피하고 달아날 수 있을 줄 알았지? 너 혼자만 안전한 다리를 건너려고 하니까 이렇게 되는 거야."

"나, 나, 나를, 나를 속인 거냐아아아!"

스테파노는 잘 돌아가지 않는 혀로 격분했다.

스테파노가 바르톨로메오의 정강이에 매달렸다. 이미 독이 돌기 시작했는지 몸의 움직임이 부자연스러웠고, 침을 흘리면서 망자처럼 바르톨로메오에게 손을 뻗었다.

"쳇, 이거 놔!"

바르톨로메오가 스테파노를 발로 찼다. 그리고 몇 번이

나 짓밟았다.

리타는 경직될 뻔한 몸을 질타하며 방을 뛰쳐나갔다.

'살려주세요!'

목소리는 나오지 않았다. 스케치북도 없었다.

배 안은 사람이 없어서 조용했다. 카르디아 섬에 왔을 때 탔던 부유층이 이용하는 여객선이 아니라, 더 저렴한 중형선이었다. 지저분한 라운지에는 승객이 드문드문 앉아 있었지만, 말을 걸기 망설여지는—술병을 입에 물고 있는 중년 남성, 담배를 피우며 이쪽을 쏘아보는 노인—망나니들밖에 없는 배였다. 안내판도 외국어로 적혀 있었다.

"거기 서!"

바르톨로메오의 목소리가 들려오자, 리타는 화들짝 놀라 도망쳤다.

잡히면 죽는다.

아마 곧바로 리타에게 주사기로 독을 넣어 처리할 것이다.

배는 이미 먼 바다로 나와 있는 상태였다. 이런 곳에서 바르톨로메오의 손에 의해 바다에 빠지기라도 하면 시체가 떠오르기까지 상당한 시간이 소요될 것이다.

어떡하지?

초조해하다가 다다른 곳은 갑판이었다.

해가 지는 바다 저 멀리 카르디아 섬이 작게 보였다.

'숨을까? 아니, 배에서 탈출할 수밖에 없어.'

진수식 때 가까이서 본 배에는 뒤쪽에 구명 보트가 실려 있었다. 해난사고에 대비해 구명구 설치가 의무로 정해져 있기 때문이라고 주워들은 얘기가 뇌리에 스쳤다.

구명구, 보트, 튜브. 그것들을 사용하면 이곳에서 도망칠 수 있을지도 모른다.

그러나 눈 깜짝할 새에 바르톨로메오가 바싹 쫓아왔다. 도망칠 곳도 거의 없는 배 안이었다.

바르톨로메오는 주춤거리는 리타를 비웃듯이 그녀를 똑바로 쳐다보았다.

"……이 배는 일반 승객에겐 인기가 없어서 말이야. 선원을 매수하는 것도 간단했지. 이 배에서 일어난 일은 전부 없었던 일로 만들 수 있어."

주머니에 손을 넣은 바르톨로메오는 권총을 쥐고 있었다.

그는 분명 대학 교수일 텐데…… 아니, 제논 일당과 한통속이라면 무기 정도는 얼마든지 손에 넣을 수 있을 것이다.

"얌전히 따르면……, 그래, 아프지 않게 해주지. 스테파노처럼 몸부림치며 죽는 건 싫잖아?"

'어떡하지? 어떡하면 좋지…….'

한발한발 뒷걸음치는 리타의 등에 차가운 난간이 닿았다.

스커트가 바람을 맞고 펄럭거리며 부풀었다.

목소리는 나오지 않았다.

바르톨로메오는 천천히 다가왔다.

그리고 리타에게 보여주듯이 그의 손가락이 장전의 준비를 했다.

……도망칠 곳은 이제 바다밖에 없다.

발밑에 보이는 바다는 깊이가 어느 정도 되는지 가늠할 수 없을 정도로 짙은 남빛을 띠며 크게 출렁이고 있었다. 맨몸으로 뛰어들었다간 일단 살아남지 못할 것이다.

"아니면 죽기 싫어? 지금 당장 싹싹 빌면 목숨만은 살려 줄 수도 있어. 어때?"

분명히 거짓말이다.

바르톨로메오는 리타를 죽일 것이다.

바르톨로메오의 손에 죽을 바에는…….

'하라는 대로 할 바엔 차라리 여기서 뛰어내리는 게 나아!'

난간을 잡은 그때, 맹렬한 속도로 다가오는 고속선의 모습이 보였다.

소형 고속선은 하얀 물방울을 일으키면서 순식간에 배를 따라잡아 나란히 달렸다.

"리타!"

'알버트……!'

고속선에 타고 있는 것은 알버트였다.

'날 구하러 와주었어. 알버트가 탄 배를 향해 뛰어내리면 살 수 있을지도 몰라.'

리타가 알버트를 보고 안도한 것도 잠시, 바르톨로메오가 혀를 차더니 알버트를 향해 방아쇠를 당기었다.

타다다당, 요란한 연사음에 맞춰 총알이 연달아 발사되었다. 전자동이라 바르톨로메오가 방아쇠를 당기고 있기만 해도 총알이 연속으로 발사되는 구조의 총이었다.

'그만해, 쏘지 마!'

리타는 바르톨로메오에게 몸을 날렸다.

총구는 빗나갔지만, 체중이 가벼운 리타는 팔을 한 번 뿌리친 것만으로도 나동그라졌다. 그 틈에 바르톨로메오는 탄창을 교환한 후, 또다시 방아쇠를 당겼다.

바람이 부는 배 위에서는 총알이 똑바로 발사되지 않았다.

하지만 높이와 바람이 불어 들어오는 쪽이라는 좋은 조건이 있었기에 바르톨로메오의 총알은 아래로 흘러, 운 나쁘게 알버트의 팔에 맞았다. 멀리 떨어져 있어도 알버트가 쓰러지며 그의 팔에서 뿜어져 나오는 붉은 피가 보였다.

'알버트!'

알버트가 탄 고속선은 순식간에 속도를 줄여 공격을 받지 않도록 거리를 두려 했다. 리타가 타고 있는 배에서 멀어져 갔다.

"이리 와!"

리타는 몸을 비틀어 바르톨로메오의 손에서 벗어났다. 배 안으로 끌려갈 수는 없었다. 이 타이밍을 놓치면 다시는 알버트를 못 만날 수도 있다.

리타는 일어서서 뛰기 시작했다. 그리고 재빨리 난간을 뛰어넘은 다음, 공포를 뿌리치며 바다를 향해 뛰어들었다.

'……윽!'

"리타!"

알버트의 목소리가 들려온 것과 동시에 리타의 몸은 바닷속으로 내동댕이쳐졌다.

격렬한 충격으로 인해 의식을 잃을 뻔했다.

바다에 뛰어들기 전에 한껏 들이마신 공기가 입에서 부글부글 튀어 나왔고, 출렁이는 파도가 몸의 자유를 순식간에 앗아 갔다.

'위로 올라가야 해…….'

죽기 위해 뛰어든 것이 아니다.

살아남기 위해, 돌아가기 위해 바르톨로메오의 손에서 벗어난 것이다.

바다 위로 나가면 로렌티가에서 구해줄 것이다. 그렇게 믿고 리타는 팔다리를 열심히 움직였다. 죽기 살기로 아무렇게나 허우적대고 있으려니, 리타의 손을 누군가가 잡고는 위로 쭉 끌어당겼다.

흠뻑 젖은 흑발을 보고 화들짝 놀랐다.

'알버트……?!'

어째서 알버트가 뛰어든 거지? 총을 맞았는데?

알버트는 리타를 바다 위로 끌어 올렸지만, 얼굴이 창백했다. 왼팔에서 나오는 피가 검은 안개처럼 바다를 물들여 갔다.

"윽, 크윽……, 괘, 괜찮아……?"

헤엄을 치지 못하는 리타는 알버트의 부담이 될 뿐이었다.

'알버트! 어떡, 어떡해……. 어떡해……!'

리타는 울면서 허우적거렸다.

이 바보 자식아! 라는 고함 소리가 들리더니, 에밀리오가 거친 파도를 뚫듯이 헤엄쳐서 왔다.

"왜 총상을 당한 네가 바다에 뛰어든 거야!"

'에밀리오……!'

"리타도! 이런 무모한 짓을 하다니!"

배 위에서 밧줄로 꽁꽁 동여 맨 튜브가 날아왔다. 맥없이 바닷속에 떠 있는 리타와 알버트에겐 그들을 구해줄 동료들이 있는 것이다.

우선 곧바로 알버트가 끌어 올려지고, 이어서 리타와 에밀리오도 배 위로 올라왔다.

조직원이 지혈을 위해 알버트의 위팔은 천으로 꽉 묶었다. 새하얗게 질린 얼굴로 피를 흘리고 있었지만, 알버트는 벌떡 일어섰다.

리타는 비틀거리며 조타실 문을 여는 그 등을 쫓아갔다. 알버트는 무선을 집어 들었다.

"리타는 탈환했다. ……놓치지 마라. 반드시 죽여."

낮은 중얼거림.

다른 고속선이 리타가 있는 배를 추월했다. 그들은 똑바로 여객선을 향해 다가갔다. 알버트의 지시를 들은 로렌티가의 다른 부대일 것이다.

흔들리는 배 위에서 알버트의 몸이 휘청거리자, 리타는 순간적으로 손을 뻗었다.

'차가워.'

바다에 빠진 바람에 알버트의 몸은 얼음장처럼 차가웠다. 몸도, 표정도, 목소리도.

냉혹한 눈에 리타가 비치자, 알버트가 숨을 내뱉듯이 웃었다.

"무사해서 다행이야."

그 목소리가 리타의 심장을 꽉 움켜쥐었다.

리타는 조타실을 나와 바닥에 주르륵 주저앉은 알버트에게 매달리듯이 안겼다.

'……왜 난 말을 못 하는 걸까……?'

전하고 싶은 말이 너무나도 많았다.

구하러 와줘서 고맙다. 다치게 해서 미안하다. 로렌티가에 있고 싶다. ……아, 하지만 목소리를 낼 수 있어도 엉망이 된 마음은 제대로 전할 수 없을지도 모른다. 알버트가 구해줘서 안도하고 있는 반면, 바르톨로메오의 말로를 상상하니 마음이 어두웠다. 마음이 어두운데도 알버트가 자신을 위해 손을 더럽혀줘서, 다치면서까지 구하러 와줄 정도로 자신을 위한다는 사실에…… 뭐라 말할 수 없는 희열마저 느끼고 있었다.

"리타."

이름을 부른 알버트가 리타의 입술을 빼앗았다.

처음에는 몰래 훔치듯이 잽싸게.

그리고 놀란 리타와 눈이 마주친 후, 다시 한 번 확인하듯이 입술을 포개었다. 리타는 거부하지 않고 알버트의 온기를 느끼며 눈을 감았다.

무감정하게 살아온 리타는 이제 더는 예전처럼 살 수 없다.

어둡고 위태롭게 출렁이는 바다처럼 정체 모를 세계에 몸을 담그고 있었다.

항구에 도착하자마자 곧바로 병원으로 옮겨진 알버트는 총알을 적출하는 수술을 받았다.

출혈량이 많았던 것과 바다에 빠지는 바람에 체온이 떨어진 상태였기에 수술을 끝내고 마취된 상태에서 잠든 알버트의 안색은 매우 좋지 않았다.

만약 한겨울의 바다였다면 상당히 위험했을 것이라고 한다.

그날은 리타도 병원에 머물었고, 새벽이 되자 알버트는 의식을 되찾았다.

알버트의 침대에 푹 엎드려 잠들어버린 리타는 머리를 쓰다듬는 손길을 느끼고 일어났다. 평소와 똑같은 미소를 보고 겨우 안심이 되어서……. 힘이 빠져 또다시 울어버렸다.

다음 날 신문에는 바르톨로메오의 사망 소식이 보도되었다.

지인인 카르디아 섬의 의사 스테파노와 다툼 끝에 사이가 틀어져 화를 주체하지 못하고 독살하려 했지만 죄책감 때문인지, 아니면 죄가 발각될 것을 두려워했는지 소지하고 있던 권총으로 자살 시도를 한 것으로 보여진다…….

그런 내용이었다.

물론 리타나 로렌티가와 연관된 사실은 전부 사라져 있었다.

레갈리아 본토에 있는 신문사에서는 대학 교수가 일으킨 사건이라고 대대적으로 보도했지만, 이곳 카르디아 섬의 지방 신문에선 작게 다뤄졌다. 스테파노가 가까스로 목숨을 건진 듯하다는 내용이 고작 몇 줄 실려 있었다.

리타는 신문을 접은 다음, 옷장 서랍 속에 넣었다.

눈물은 나지 않았다.

하지만 잊어선 안 된다고 생각했다.

자신과 연관된 일로 목숨을 잃은 사람이 있었다는 것을. 그런 세계에 몸을 두고 있다는 것을.

입술이 근심을 띤 한숨을 흘렸다.

그런 다음, 고개를 들어 얼굴에 비친 자신을 똑바로 쳐다보았다.

리타는 오늘을 살아간다.

《다들 병문안을 안 오네?》

종합병원 특별실.

입원한 알버트의 병실에 있는 사람은 늘 리타뿐이었다.

정확히 말하자면 사건이 있고 나서 붙게 된 보디가드 둘뿐. 알버트의 보디가드는 교대로 병실 밖에 서 있었다.

"뭐, 크게 다친 것도 아니고."

《아무리 그래도 그렇지.》

"부상도 입원도 로렌티가에선 일상다반사니까. 금방 퇴원할 거고."

죽을 뻔한 것도 아니고, 살아 있으면 그걸로 충분하다고 한다. 게다가, 라고 말을 이은 알버트는 장난스럽게 웃었다.

"리타가 병문안을 와주니까 방해하러 오지 말라고 말해 뒀거든."

'뭐?'

"그래서? 오늘은 뭘 가져왔어?"

알버트의 시선을 느끼곤, 리타는 종이 봉투를 들어 올렸다.

이곳에 오기 전에 시장에 들러 사 온 오렌지였다. 가게에서 맛을 봤더니 알이 꽉 차 있고 맛있었다.

껍질을 벗겨 그릇에 올려 놓자, 알버트가 먹여달라고 졸랐다.

포크로 오렌지를 찍어서 알버트의 입가로 가져갔다.

'……나, 대체 뭘 하고 있는 걸까……?'

그렇게 생각하면서도 '팔을 움직이면 많이 아프겠지?'라든가 '다친 건 애초에 리타를 구하러 갔기 때문이니까.'……등등, 온갖 변명을 늘어놓는 바람에 결국 알버트의 부탁을 들어주고 말았다.

이래 봬도 리타는 진지하게 간병하고 있지만, 알버트는 히죽히죽 웃고, 보디가드는 벽 쪽에서 공기처럼 존재감을 지우고 있어서 왠지 아주 부끄러워졌다. 리타는 포크와 접시를 알버트의 앞으로 밀었다.

《이제 알아서 먹어!》

"뭐? 이렇게 다정하게 대해주면 다치는 것도 나쁘지 않다고 생각했는데."

《그럼 앞으로는 다정하게 안 할 거야! 그러니까,》

다치지 마.

망설이면서 적은 글자를 보고 알버트가 어깨를 움츠렸다.

"그건 무리야. 난 언제 죽어도 이상하지 않은걸."

알버트가 아무렇지도 않게 그런 말을 하자, 리타는 입을 꾹 다물었다.

붕대를 갈 때 도와주면서 알버트의 몸에 수많은 상처가 있는 것을 보았다.

실로 꿰맨 자국, 화상 자국. 아무렇지 않은 얼굴 아래에는 수많은 위험을 헤쳐 온 과거가 생생하게 새겨져 있었다.

리타가 알몸을 빤히 보니 알버트는 창피하다고 얼버무렸

지만, 리타는 알버트가 언제 목숨을 잃어도 이상하지 않은 세계에 있음을 알게 되었다. 병원 침대에 누운 알버트를 보는 경험 따윈 몇 번이나 하고 싶지 않았다.

《미망인으로 만들지 마.》

직접 포크로 오렌지를 찍어 먹고 있던 알버트가 사레들린 기침을 했다.

"미망인이라니……."

《나, 난, 당신의 아내잖아?》

조만간 결혼할 것이다. 알버트의 마음이 바뀌지 않는다면. 아니, 리타 본인이 그렇게 되기를 바라고 있으니까.

《그러니까 곁에 있게 해줘. 내가 있을 곳은 당신의 옆이었으면 좋겠어.》

프러포즈 같은 말을 휘갈겨 쓰면서 리타는 서서히 홍당무가 되었다.

큰 부상을 당하면서까지 구하러 와줬는데, 이것이 리타의 자만이라면 너무나도 창피할 것 같다.

리타는 펜을 놓고 고개를 숙였지만, 아무리 지나도 알버트는 아무런 대답이 없었다. 역시 자신이 착각했을 뿐인 것 같다고 생각하며 시선을 들자 입가를 가린 알버트는 화난 듯한 얼굴로 딴 데를 보고 있었다.

'응? 잠깐, 지금 쑥스러워하는 거야?'

놀란 리타의 얼굴을 보자, 알버트는 언짢은 듯이 리타의 뺨으로 손을 뻗었다.

"왜 네가 먼저 말해? 그런 건 보통 내가 먼저 말하는 거잖아?"

'그, 그렇게 말해도…….'

"위험한 일을 겪었는데 내 곁에 있고 싶다니, 넌 바보야. 어떻게 로렌티가에서 도망치지 못하게 할까 생각하던 참이었는데, 전부 엉망이 됐잖아."

'저번에도 느꼈지만, 엉뚱한 데에 화풀이하는 알버트, 어린애 같아!'

알버트가 화난 듯이 뺨을 잡아당기자, 리타도 멋쩍음을 감추고자 저항했다.

'하지만, 곁에 있어도 되는구나.'

저리듯이 달콤한 감정으로 가슴이 벅차올랐다.

이 사람의 곁에 있고 싶다.

그러기 위해 리타는 또 한 가지 알버트에게 해야 할 말이 있었다.

《저기, 부탁이 있는데.》

"뭔데?"

《나와, 피의 맹세를 맺어줘.》

"……!"

알버트의 표정이 진지해졌다.

알콩달콩하던 분위기는 순식간에 자취를 감추었다.

"피의 맹세에 대한 얘기는 누구한테서 들었어?"

《에밀리오.》

"그 녀석……. 그거, 진심으로 하는 말이야? 마피아의 일원이 되고 싶다는 뜻이라고."

리타는 입을 꾹 다물었다.

'내가 필요 없어져서 어딘가로 쉽게 내쫓아버릴 수 있는 관계는 싫어.'

멋대로 나가는 것은 허락되지 않는다. 집착당하고, 배신하면 죽음뿐인 입장이 되지 않는 한 알버트와 같은 것을 볼 수 없을 것이다.

알버트는……, 고민하는 것처럼 보이기도 했고, 주저하는 것처럼 보이기도 했다. 어떻게 거절할지가 아니라 어떻게 받아들여야 할지 망설이고 있는 듯한 표정을 보였다.

"……난 널 좋아해."

좋아한다는 말에 리타의 마음이 확 들떴다.

하지만 알버트의 표정은 무겁고 어두웠다.

"좋아해. 하지만 미안해."

알버트의 말에 침묵이 흘렀다. 리타가 쥐고 있던 스케치북 끝이 손의 열기를 흡수해 축축해졌다.

긴장을 머금은 리타의 손을 보고, 알버트는 다정하게 미소 지었다.

"널 로렌티가에 아내로 맞이해 가정을 이뤄보는 것도 나쁘지 않겠지. 하지만 조직의 일원으로, 범죄자의 동료로 만들고 싶지 않아."

알버트는 창밖으로 시선을 돌렸다.

로렌티가의 후계자인 알버트는 많은 속박을 받고 있다.

좋아하니까, 곁에 있고 싶으니까, ……그런 아련한 감정 따윈 가라앉을 법한 어둡고 깊은 색을 띤 눈동자에 붉은 석양이 들이비쳤다. 붉은색. 피를 연상시키는 빛에 물든 옆얼굴은 언제든지 이곳에서 사라져버리지 않을까 싶을 만큼 덧없이 번져 보였다.

"만약……, 생각하고 싶지도 않은 일이지만, 언젠가 내가 잡혀가도 내연녀라면 사정 청취 정도로 석방될 거야. 하지만 로렌티 패밀리의 일원이라면 결코 그렇게 넘어가지 않아. 너도 공범으로 벌을 받을지도 몰라. 그런 가능성에 널 끌어들이고 싶지 않아."

리타를 소유물로 여기던 알버트답지 않은 대답이었다.

그 대답을 들은 리타는 고개를 저었다.

《벌써 휘말렸는걸. 이제 와서 당신들과 아무 상관 없는 척할 생각 따윈 없어. 당신과 같은 것을 보고 싶어. 로렌티

가를 위해 할 수 있는 일을 함께 생각해 나가고 싶어.》

리타는 알버트를 붙잡듯이 침대 위에 던져진 손을 잡았다. 알버트의 눈에 결의의 표정을 짓고 있는 자신의 얼굴이 비쳤다.

"……그렇구나. ……그래, 그렇다면 나도 각오를 단단히 해야겠군."

'각오?'

각오가 필요한 건 리타인데, 알버트에게 대체 무슨 각오가 필요한 걸까?

리타가 고개를 갸웃거리자, 알버트는 작게 웃더니 침대 옆에 있던 귀중품 보관함에서 접이식 나이프를 꺼냈다.

"넌 어떻게 피의 맹세를 하는지 알고 있지?"

서로의 손가락에 상처를 내서 나온 피를 주고받는 의식.

고개를 끄덕이는 리타의 표정을 본 후, 알버트는 흑단으로 만들어진 예쁜 칼자루를 쥐었다.

그리고 얇은 칼끝이 알버트의 엄지에 상처를 냈다.

리타도 건네받은 나이프로 방금 전에 본 것을 흉내 내어 칼을 가져다 댔다. 대각선으로 생긴 상처에서 한 박자 늦게 붉은 피가 맺혔다. 알버트는 리타의 손을 들어 올렸다.

"넌 우리의 결정에 따라 규율을 준수하고, 비밀을 지키겠다고 맹세하겠어?"

알버트의 목소리가 엄숙한 맹세를 하듯이 울렸다.

리타는 알버트의 눈을 피하지 않고 고개를 끄덕였다.

"언제 어느 때나 로렌티가의 명예를 지키며, 패밀리에 헌신하겠다고 맹세하겠어?"

'……맹세할게.'

고개를 끄덕인 리타의 엄지에 알버트가 자신의 엄지를 꾹 눌렀다.

피를 한데 섞기 위해 몇 번이나. 깍지를 끼고 엄지에 난 상처를 포개었다.

리타는 그 모습을 황홀하게 바라보았다.

상처가 쓸려 아픈데도 그 아픔조차 기분 좋았다.

배신은 용서치 않는 이 인연은, 어길 수 없는 맹세는 리타에게 있을 곳을 선사해주었다.

마침내 손끝이 떨어져 가는 것을 아쉬운 듯이 바라보고 있으려니, 알버트가 손목을 잡아당겼다. 리타는 균형을 잃으며 침대 위에 쓰러졌다. 알버트는 리타를 꽉 끌어안고는, 귓가에 속삭였다.

"잘 왔어, 리타. 로렌티 패밀리에."

처음 만났을 때와 똑같은 말. 하지만 의미도, 무게도 전혀 달랐다.

따뜻하고, 애달프고, 괴로운 마음이 가슴을 채웠다.

응, 하고 대답하는 목소리는 밖으로 나오지 않았지만, 가슴속에 싹튼 감정을 끌어안듯이 리타도 알버트의 등에 팔을 둘렀다.

에필로그

교회의 문이 열렸다.

베일 건너편, 버진로드 양쪽에 로렌티가의 관계자들이 쭉 참석해 있는 것이 보였다. 모두가 정장을 잘 차려입고, 주머니에 총 같은 건 없다는 듯이 청렴결백한 표정을 짓고 있는 것이 왠지 모르게 우스꽝스러웠다.

야옹, 하고 들린 울음소리 쪽으로 시선을 움직이자, 구석에서 고양이를 안고 서 있는 조직원의 모습이 보였다.

'교회에 고양이를 데려와도 괜찮을까?'

그런 걱정이 머리를 스쳤지만, 지금 리타는 그런 걱정을 하고 있을 때가 아니었다.

드레스 자락을 밟고 넘어지지 않도록 신중하게 걷기 시작했다.

"고양이 놓치지 마라. 결혼식을 망쳤다간 가만히 안 둔다."

리타의 에스코트 역을 맡은 에밀리오가 고양이를 안고 있는 조직원 쪽으로 한순간 험악한 시선을 보내곤 앞을 향했다.

천장에 그려진 모자이크화의 틈으로 부드러운 빛이 쏟아져 내리며 리타가 가는 길을 비추었다. 그 앞에서 기다리고 있는 것은 새하얀 턱시도를 입은 알버트였다.

제단 위에서 리타를 기다리던 알버트는 에밀리오로부터 리타의 손을 건네받았다.

단정한 외모에 달콤한 미소를 띠자, 리타의 가슴이 두근두근 뛰었다.

'……잘생기고 난리야. 치사해.'

새신랑이 이렇게 멋있으면 새신부의 존재가 희미해지고 만다. 하지만 흑발을 뒤로 쓸어넘긴 얼굴이 리타가 아는 알버트보다 훨씬 어른스러워 보여서, 이렇게 다정한 표정을 지을 수 있는 사람이었구나, 라는 작은 위화감이 생겨났다.

파이프오르간 소리와 함께 참석자들이 성가를 불렀다. 어렴풋이 느낀 위화감은 금세 사라졌다.

'나, 정말로 알버트와 결혼하는구나.'

피의 맹세를 거쳐 로렌티가의 '가족'이 되는 것과, 반려자로서 알버트의 '가족'이 되는 것은 역시 뉘앙스가 달랐다.

드디어 이날이 왔구나. 리타는 감회가 새로웠다.

만나고 나서 많은 일이 있었지만, 이날을 무사히 맞이할 수 있어서 정말 다행이다. 많은 추억이 리타의 머릿속을 스쳤다.

화난 알버트의 얼굴, 수줍어하는 알버트의 얼굴. 많은

사람들과의 만남. 로렌티가에서 보낸 나날, 여행을 떠난 기억…….

'응?'

모르는 기억이 섞여 있었다.

식은 순조롭게 진행되었다. 사제의 성서 낭독 후, 드디어 혼인 서약 차례가 됐다.

사제가 엄숙한 목소리로 알버트에게 물었다.

"기쁠 때나 슬플 때나, 아플 때나 건강할 때나, 죽음이 두 사람을 갈라놓을 때까지 아내를 사랑할 것을 맹세합니까?"

"맹세합니다."

알버트가 미소를 지으며 말했다.

"리타."

사제가 리타의 이름을 불렀다. 리타의 시야에 안개가 끼었다.

"당신은 기쁠 때나 슬플 때나, —로렌티가의 결정에 따라."

'……어, 라……?'

"아플 때나 건강할 때나 규율을 준수하고, 비밀과 명예를 지키며……."

들어본 적 있는 말을 듣고 무언가가 번뜩 떠올랐다.

'피의 맹세를 맺을 때 알버트가 했던 말이야.'

……그제야 리타는 겨우 이것이 자신이 꾸고 있는 꿈임

을 깨달았다.

그래서 알버트가 어른스럽게 보였던 것이다. 청년다운 상큼함과 조직을 이끄는 보스다운 품격이 느껴졌다. 돌아보진 않았지만, 참석자들이 두 사람을 보는 시선도 따뜻했다.

알버트의 눈에 리타는 어떻게 비치고 있을까? 만약 정말로 이런 날이 온다면 그땐 알버트가 의지할 만한 존재가 되어 있을까……? 그랬으면 좋겠다.

"—죽음이 두 사람을 갈라 놓을 때까지 남편을 사랑할 것을 맹세합니까?"

어딘가 멀리서 들려오는 사제의 말에 리타는 입을 열었다.

"맹세합니다."

잊어 가던 자신의 목소리는 교회 안에서 똑똑히 울려 퍼졌다.

피의 맹세를 맺었을 때는 낼 수 없었던 목소리.

떨리는 목에 손을 가져다 댔다. 리타의 의식은 거기서 깨어났다.

눈을 뜨자, 발코니에 다리를 쭉 뻗고 있는 두 사람의 발이 시야에 들어왔다.

리타는 알버트의 어깨에 기댄 채 잠든 듯했다. 저녁 바람이 뺨을 어루만졌다.

“아, 일어났다.”

《미안. 깜빡 잠들었어.》

서고 안쪽 발코니는 조용하고, 사람이 거의 오지 않기 때문에 리타도 좋아하는 곳이었다. 이곳은 알버트가 어렸을 때부터 비밀의 은신처로 쓰던 곳이었다고 한다. 지금은 이곳에서 이따금 이렇게 둘만의 시간을 보내곤 한다.

리타는 기지개를 폈다.

입고 있는 옷은 검은 재킷에 플레어 스커트.

로렌티가의 일원이 된 리타는 사무를 총괄하는 부서에서 공부 중이다. 지금은 장부 기록 방법이나 서류 정리 등을 배우고 있다. 하루의 업무가 끝나고 그만 긴장이 풀어져서 잠들고 말았다.

“피곤해서 졸 정도로 널 막 부려 먹어?”

《설마! 다들 얼마나 친절하게 가르쳐주는데.》

“그래……? 친절하게…….”

불온한 분위기를 감지한 리타는 황급히 자리에서 일어났다.

자신이 원해서 일하고 있는데, 알버트가 리타의 상사에게 괜히 트집을 걸었다간 큰일이다. 알버트의 약혼자이지만, 조직의 일개 신입으로 다뤄달라고 리타가 부탁한 것이다. 이제 갓 피의 맹세를 맺은 리타가 난데없이 간부 자리에 앉을 수는 없었다.

일도, 알버트와의 관계도 천천히 일궈 나갈 생각이다.

결혼식을 올리려면 아직 멀었다. 그때까지 자신의 말로 맹세의 말을 할 수 있게 되어야 한다.

알버트는 목을 쓰다듬은 리타를 걱정스러운 듯이 쳐다보았다.

"무슨 꿈 꿨어?"

《응? 왜?》

"깜짝 놀란 얼굴로 목을 누르고 있길래. ……괜찮아?"

확실히 놀랐지만, 기쁜 놀라움이었다.

《응. 괜찮아. 아주 근사한 꿈이었어.》

언젠가 그런 미래가 왔으면 좋겠다.

이 스케치북 없이 알버트의 옆에 당당하게 서는 미래.

비밀 얘기를 하는 것 같은 대화는 리타만의 특권이기 때문에 이렇게 알버트와 어깨를 착 붙이고 스케치북을 들여다보지 않게 되는 것은 아쉽기도 하지만 그땐 틀림없이 더 소중한 두 사람만의 시간이 생겨 있을지도 모른다.

고개를 숙이고 아무것도 하지 않았던 나날은 이제 끝이다.

발코니에서 뒤뜰로 시선을 돌리자, 산책을 갔다가 돌아온 듯한 아기 고양이의 모습이 보였다.

망설임 없는 그 발걸음은 이곳이 돌아올 집이라는 걸 알고 있는 것 같았다.

Fin.

■작가 후기

〈오늘 밤, 로렌티가에서 감미로운 충성을〉을 읽어주셔서 감사합니다!

이 작품은 수상작을 내대적으로 수정한 후, '리타가 있을 곳을 찾을 때까지'라는 부분을 더 깊이 파고들어 쓴 이야기입니다. 여자가 예뻐지는 순간을 쓰는 과정이 정말 즐거웠고, 외모와 내면이 함께 성장해 나가는 모습을 그릴 수 있어서 좋았습니다. 질타와 격려, 많은 도움과 함께 같이 달려주신 전 담당편집 I님, Y님, 새 담당편집 O님, 편집부 여러분. 정말로 신세 많이 졌습니다.

후유오미 작가님. 세세한 부분까지 아름다운 일러스트를 볼 때마다 어찌나 감격스러웠는지 몰라요. 정말 행복합니다!

디자이너님. 교정 담당님. 영업 담당님과 서점 여러분. 수상작 선정에 관여해주신 분들. 힘써주신 많은 분들께 감사 인사 드립니다. 이 책을 읽어주신 분께서 즐거운 시간을 보내셨기를 바라며. 그리고 저처럼 마피아물을 좋아하는 분이 한 명이라도 늘기를 바라며.

후카미 아키

오늘 밤, 로렌티가에서 감미로운 충성을

초판 1쇄 발행 2023년 9월 4일

지은이_ Aki Fukami
일러스트_ Fuyuomi
옮긴이_ 심이슬

발행인_ 최원영
편집장_ 김승신
편집진행_ 원서은
편집디자인_ 양우연
관리 · 영업_ 김민원

펴낸곳_ (주)디앤씨미디어
등록_ 2002년 4월 25일 제20-260호
주소_ 서울시 구로구 디지털로 26길 111 JnK디지털타워 503호
전화_ 02-333-2513(대표)
팩시밀리_ 02-333-2514
트위터_ https://twitter.com/HUSH_DNC

ISBN 979-11-278-7020-1 03830

값 8,500원